Estrela de Ana Brasila

Maria Guimarães Sampaio

Estrela de Ana Brasila

ESTÓRIA SEM COMPROMISSO COM VERDADE NENHUMA, NEM BICHO, NEM PLANTA, NEM GENTE, NEM LUGAR, NEM TEMPO — E NEM FALARES

EDITORA RECORD
RIO DE JANEIRO • SÃO PAULO

2004

CIP-Brasil. Catalogação-na-fonte
Sindicato Nacional dos Editores de Livros, RJ.

S184e Sampaio, Maria Guimarães
Estrela de Ana Brasila / Maria Guimarães
Sampaio. - Rio de Janeiro : Record, 2004.

ISBN 85-01-06577-3

1. Romance brasileiro. I. Título.

CDD 869.93
03-0994 CDU 821.134.3(81)-3

Ilustrações: Mirabeau Sampaio e Maria Guimarães Sampaio

Projeto gráfico: Regina Ferraz

Impresso no Brasil

ISBN 85-01-06577-3

PEDIDOS PELO REEMBOLSO POSTAL
Caixa Postal 23.052
Rio de Janeiro, RJ - 20922-970

EDITORA AFILIADA

"Eu vim aqui pra te ver
Como te vi, vou-me embora"

GILBERTO GIL

"Amigos são parentes que pude escolher"

J. VELLOSO

Aos meus parentes:

Os Paternostro que vieram do lado de lá do maroceano e se encontraram com os Guimarães no extremo sul da Bahia. Os Sant'Anna do sertão da Bahia saíram pelo Brasil afora, encontrando os Sampaio no Recôncavo Baiano. (E todo mundo se encontrou em Salvador.)

Aos meus amigos:

Todos.

ANTES & DEPOIS
DEPOIS & ANTES

APIPEMA, 7 DE MARÇO DE 1998

Estrela de Ana Brasila

Branca Marana

Sempre assim. Entrega-se ao volante do automóvel. Ali, concentração absoluta no ato de dirigir alia-se à total, completa e acabada dissolução de limite qualquer do pensar, ou razão. Meninota, sem idade nem independência (muito menos carro para dirigir), a lentidão e ruído do bonde. Olhos perdidos. Mão estendida com o trocado da passagem. A linha do bonde no meio da mata. ***Pai saindo de madrugada para a luta labuta, mãe na máquina de costura, provendo sustento, filharada em bons colégios, que não falte comida na mesa, nem livros para estudar. Tanta dificuldade e ela decepcionando, notas baixas. Namorico com Zoião que não ata nem desata.*** Sequer sente as lágrimas. Nada a fazer. Onde trilhos do bonde chec-chec, caminho de areia. Antes. Muito antes. Nem pai nem mãe avós ou tios, estes. Vestidinho de trançado, pés no chão, correndo na areia quente. Roupa largada na pedra. Beirada de rio (de muitas águas). Visto do bonde: o riacho. Do automóvel: uma vala fétida.

Noite de pesadelos. Restos de decisões. Ao clarear do dia, o automóvel. Acelera pé no fundo. Somente o Moreno no pensamento. *Magradolescente. Feiosa entre chiques amigas nos clubes da cidade. Assim chegou à faculdade. Adolescência, ou saindo da, conheceu o Moreno. Por acaso. Foi encontrar o Companheiro (que faltou ao Ponto). O Moreno substituto. Envolvida de tudo e todo na "luta". Pai, por vaidade — de apresentar filhos inteligentes (até que nem sejam), a quer excelente aluna. Estuda para o gasto. Mãe a quer formada não apenas para o prazer do pai, sim para ter carreira, vencer na vida, não depender nunca (jamais!) de homem para sustento. O Moreno de voz doce, mãos suaves. Palavrório encantatório.* Acelera pé no fundo costura sendo costurada. Sem apito que a chame. Ou luz vermelha que a impeça. Segue Branca Marana despentelhada.

Melhores vistas, frescorola boa da baía agradável a qualquer: bem instalados fortes, quartéis, igrejas, conventos — desde o começo dos tempos da vilacidade. Igreja e milícia. Padres e oficiais — sabidórios, desde sempre. Desde séculos seculorum amém. Dezoito e antes, séculos. Tudo bem dominado. Rezas aos pés de oratórios, ruínas de corpos de escravos. Restante de verde bom pendurado sobre o mar, algum prefeito vendeu aos potentados, século vinte. Os políticos. Cidade dominada (sempre). Cidade cortada por avenidas de vales. Antes rios, riachos — água. Vales asfálticos agora onde antes roças, hortas, gado (alimentando o populacho). Valas, restam (algumas) entre pistas asfaltosas (esburacadas), a merda desembocando dos tubos. Nem outeiros gramados, nem margens arborizadas. Margens sem praias (imemorável praia de areia fininha, branquinha... beira d'água doce boa de beber e banhar-se). Bairros eleitos (por isto ou por aquilo), grandes edifícios margeiam. Crescem as avenidas cidadeperiferia, invasões — ditas favelas, não são margens, marginais (onde morrem meninos e velhos de penico na mão: teimando travessia da pista para afastar a merda de si — que o esgoto lá não vai). Os morros, outeiros não escarpeiam à beira-mar. Praia de muita areia. Mata. Serras. Morros então. Depois vales. Outros morros. Vales muito verdes. Braços de mar. Coqueiros. Pé de piaçava. Dendezeiros. Araçazeiros. Araras, periquitos, jandaias. Todo tipo de macaco, sagüim, bugio. Rios. Riachos, riachinhos. Terra molhada. Touceiras de samambaias. Florquídeas. Revoadas de borboletas. Araras, periquitos, macacos sagüins bugios. Manguezal. Pela boca do rio vem do mar em canoa. Flores do mangue. Abacaxis margeiam os rios, cajus nas costas do mar. Adentrando se vai à roça — aipim, mandioca, inhame, milho, juçara — beira da Lagoinha. Beija-flores. No sombreado do pé de iroco, na beira da aguada estripando xangós. Peixinho por peixinho enfiado no graveto seca ao sol quente (sobre folhas de bananeira). Camarões: no espeto derreado sobre forquilha muito acima do fogo (pegando o fumeiro). Na beira do rio, Frutuoso e Estrela. Ali na beira da maré, trocam mentiras. Frutuoso não consegue enxergar com olhos de mesmo tudo que Estrela aponta, mostra... Se Estrela diz, Frutuoso fecha os olhos que assim (com olho do coração) aprecia tudo que ela vê (ele não). Lá se vão rio acima. Nem pedras nem pedregulhos. Aninhadinha, gostosinha. ***Aninhadinha gostosinha nos braços do Moreno, promessas vãs aos ouvidos crentes. Casal lindo, olhos claros brilhantes, prevendo velhice unida. A ditadura perseguindo todos. A dita dura a passear entre seus joelhos, coxas. A ditadura prendendo matando. A dita dura a banhá-la de caldo bom e quente. Abraços. Conjugação total. Coladas. Chupões.***

Quatro pistas de ida. Quatro de volta. Carros correm loucamente. Freadas. Ultrapassagens. Idéia corre assim também. Outra trespassa. Meio que perde idéia inicial. Escondida no meio da mente (uma voz? um pensamento?) ***no trânsito... há possibilidade de um crime perfeito*** se mistura à voz (essa sim, uma voz nítida, uma lembrança querendo ser um esquecimento), a voz do Moreno ***é verdade, é verdade, verdade.*** Verdade gritada na cabeça. Sussurrada cinicamente, entre carinhos (falsos) ao pé do ouvido ***veer-daa-de.*** Corre, corre, corre. Trânsito. ***Tocaio os horários da Outra.*** Na correria louca, louco trânsito, louca direção, duvida do juízo que lhe resta. ***Persigo, dou-lhe uma fechada, jogo na vala, sem nem triscar. Confiada na barbeiragem dela. Tudo acabou-se, matei a desgraçada.*** Não agora. Sempre assim. Assim foi. Anos (alguns) se passaram. Como que cometido belo assassinato, pé alivia no acelerador, pensamentos em câmera lenta.

Num quase cavalo-de-pau sai do asfalto de quatro vias. Cascalho. Aos solavancos. Morta a Outra dentro de si (*"assim se passaram dez anos"*), ao Moreno não matará.

Esquecerá. Falta pouco. Muito pouco. Começará arrancando fio a fio do bigode cheirando a xotas. Colocará outros tantos fios sobre a careca do cocuruto luzidio — longos fios negros que primeiro encobrirão os olhos (para que nunca mais aquele olhar lânguido e pidão a trespasse), entupirão o nariz empinado (cheirando merda), entalarão a boca (que assim fechada lacrada engasgada jamais lhe dará dissimuladas ordens — nem desejos de beijos apaixonados). Os fios longos, negros (como as asas da graúna), encaracolados (como pentelhos), cobrirão todo o corpo e (quem sabe?) embaraçar-se-ão a tal ponto que lhe corte os ovos, enfim formando uma grande bola que rolará fim de mundo abaixo para sempre esquecida (*"tão longe de mim distante"*) — nem em pensamento voltará. Pedras ricocheteiam. ***Faculdade. Sala de música. Diretório. O Moreno vem, se achega, se apresenta. Branca Marana se faz de esquecida. Coração dispara. Tantos em volta (paquerando querendo), vem esse de fora, sangue frio sobe coração acelera. Enturmada com os cê-dê-efes, vara madrugadas — quando pode. Panfletagem noturna lhe leva, às vezes. Sábado dança na cantina, ao pistom do gráfico músico. Rádio. Percussão da estudantada. Cachaça no Mercado. Todo dia, todo dia: aulas, conchavos, reuniões, assembléias, provas. Edição de apostilas: finanças para o Movimento. Noites não são perdidas, ganhas: greves de ocupação, serenatas, estudos, farras e festas. Reuniões. Aparelhos. Álbum de figurinhas. Mãos dadas intervalos de luta. Beijoabraços.*** Dentro da mata rala. Antes mata densa, escura.

Coragem precisava para ir ao jaqueiral. Estendidos na sombra chupam todas as pitangas apanhadas no caminho, cabeça no colo do Frutuoso. Trocam mentiras – facadas em cobras de duas léguas de comprimento, cusparadas em cara de onça-pintada. A mula amarrada no tronco. Mãe se reta se não encontra a mula. Mas aqui pro jaqueiral pé não agüenta, que são muitas léguas desde casa. Atrás da pedra a nascente, mais adiante a cachoeira leva água rio abaixo. Frutuoso leva Estrela pela mão, sentam den'd'água. Trocam mentiras – que rio acima vai gente numa canoa que é quatro e outras quatro dessas canoa nossa, nem remo nem vela, faz puf-puf e lá se vai pro marzão embora, vai até longe muito longe onde nem mula alcança. Risadas, picula, espanação de água. Correm por ali, catam gravetos. De gravetos a forquilhas de araçazeiros, caibros. E palhas de dendê e piaçava. E barro mistura com água. E trança e sopapa. Cada dia de roubo da mula – quando Mãe e Mãe tomam cauim (demais) e dormem abraçadas no jirau –, caminho do jaqueiral, mais um sopapo de barro, mais palha. Levanta, cobre. Vai se armando a casinha pequenina. ***"Tu não te lembras da casinha pequenina onde o nosso amor nasceu" tanto cantaram um para o outro. Branca Marana e Moreno. A se agradar, a causar inveja de tanto amor (a todos quantos os conheciam e estimavam), tudo antes da Outra aparecer, passando uma mão no cabelo de Moreno hoje, alisando as coxas de Branca Marana ontem. Seduzindo um e outro, na procura, na escolha de "quem der mais". À Outra tanto se lhe dava que lhe dessem muito carinho, queria mais um bom dinheiro em forma de presentes caros, boa vida é o que queria (cansada de vida mal escolhida – quan-***

do ajuizou que morenaço bem empregado valia mais que moreninho sonhador a olhar "Céu de uma cidade do interior". Tão longe vai.).

Passados momentos mais lentos (longos), estrada de barro, em seu automóvel brilhante (e quente) desemboca em distante beira-mar (somente seu). O mar lhe chama à calma. Encosta, escancara portas do automóvel, escancarando a si. Tira sapatos. Embola blusa na altura dos peitos. Arregaça calças, caminha na areia fofa (e quente). *Quente o escritório. Pilhas de cheques para assinar, fornecedores, fregueses, funcionários — dizendo alô à porta quando batem, dizendo entre ao telefone quando atende. Um ventilador rugindo não refresca. Todos partindo, casarão fechado — apagado, Branca Marana na porta espera Moreno. Chega molhado salgado, o pôr-do-sol tão lindo no banho de mar vespertino, a voz mansa, o agrado: não chore, Minha Bronca (no carinho do apelido o ato falho a definir o que Moreno via na Branca: bronca), aprenda a viver (Branca Marana não quer viver neste inferno — querendo), beijinhos lhe secam as lágrimas, mão corre lá na xota amassando amansando, carro correndo até o quintal de casa, nem dá para abrir porta, se desmancham em amores (vãos?).* Ondas quebram, vem a espuma se desmanchando, molha os pés, refresca a alma. Alguns passos para trás. De roupa e tudo se estende na areia. Naquela região gostosa (areia não é fofa, nem quente). Gostosa: não encharcada, úmida. Corpo relaxa, frescância vai entrando aos poucos, de quando em vez chega um poucochinho de resto de onda e dá susto de friagem boa (ótima). Pensa na mãe de agora, essa de risada aberta, incapaz de lhe dar alegria em recente mal de amor.

LAGOINHA & COSTA

COSTA & LAGOINHA

Menina magrela, vermelha, den'dess'água brincando com Frutuoso Meninamigo, antes. Trocando mentiras – pai de um matando dragões em mares com ondas da altura do mais gigantesco dendezeiro, pai de uma vindo do céu numa coisa brilhante comprida graaande que voa melhor de que a mais linda jandaia, que vem de muito mais alto de que o maior dos carcará. Trocando verdades.

[Prudença, negra fugindo em bando da senzala. Sobrando ela (lá pra riba do Rio da Curva Grande, negro luzidio banhado no dendê escorrega da mão branca que quer agarrá-lo. Esquecidos do valor da peça viva, os brancos irados mataram todos de tiro. Com ódio, pensando no dinheiro perdido, despedaçaram de facão os negros já mortos. A peste bexiguenta matou de morte morrida os poucos que sobraram). Prudença sozinha adentrando a matafloresta. Cabeça friviando em revolteios, mesmo que estivesse ela menina em derredor da mãe, panos coloridos, cestos, colares volteando pescoço de pai enorme forte pai senhor de todos os negros. A guerra como que fosse a mesma na aparição de homens brancos. Lá, de primeiro, o branco veio que veio devastando tudo, levando embora braceletes de ouro, colares de penas e pedras e ossos e dentes, os machados de Xangô, os abebés de Oxum e tudo mais quanto brilhou. De primeiro... levaram as coisas deixando a gente. Deixar mesmo, não deixaram não. Apoquentaram. Falar de falares sem escuita um de outro. Porém o entender de querer donde vem ouro, se entenderam. Negro mostrando grota do ouro (arruinada). Acamaradaram-se. Fim do ouro pra guerra: um pulo. Correntes, surras, arrastos, lá se vão os negros em grandes naus pelo maroceano adentro. Prudença sozinha fazendo roça nos cafundós da floresta sozinha parindo essemenino (ele) vindo de caldo grosso de branco (*me arrebentou-me toda no pé da alvre*) sozinha cada dia andando um pedaço de mato cavando terra de mão cobrindo a carniça de sua gente apanhando o pouco de pertence que cada qual mal e porcamente é vinha trazendo. Penando. Em disputa com os urubus. Embrenhando-se na mata, caçando de comer para si, querendo engrossar leite para menino. Menino borrando-se por demais parecendo que se vai-se pra lugar de nunca mais. Prudença tirando "a água" de cada fruto, bom alimento pra seu menino. O caju basta apertar entre os dedos deixando escorrer "a água" pelo mindinho certo na boquinha aberta do menino (*qui nem di passarinho*)... já a manga, Prudença mastiga bem mastigadinho cada taco, escorre da boca pra cumbuca da casca de coco seco, deita ali um tantinho de água fresca de cachoeirinha: folhinhas enrodilhadas levam a gostosura à boca do menino. De fruta em fruta vai o menino ficando taludinho. Prudença dentro da nau travessando o maroceano, sem saber, sabendo. No escuro do bater das ondas merda vômitos doenças. Sua gente, seu reino, apodrecendo vivo ou morto. Bocas crescendo, dentes caindo. Sol latejando querendo arrancar miolo no desembarque — muitos escuros e muitos claros que ninguém viu dentro da escuridão perene. Chegada de vivos — mortos. Trapos humanos cobertos de trapos. Restos. Expostos no mercado, homens, mulheres, crianças partindo pra lados de lá e lados de cá e lados de acolá conformemente o gosto do freguês. Menina Prudença sem saber rumo de pai nem de mãe socada em senzala sovada a pirões e feijões para melhor aproveitamento: em poucos dias tomou corpo, embelezou, foi arribada pra casa-grande servindo de ama de brincar. Té que quando viram barriga pronunciada devolveram para o eito (voltaria, se precisado fosse, para ser ama-de-leite). A fuga. A guerra (*té quando tanta guerra?*).]

[Ana Brasila, menina preada na oca do sertão (*donde tudo tinha dança tinha festa e bem-querer, donde den'd'água a se banhar*) trazida pra casarão de padre em beira de mar (não sabia de rio tão sem fim de gosto tão ruim), cada qual dos companheiros morrendo de febres e tristezas, outros fugindo, poucos restando. Ana Brasila crescendo bonitona, bispo (*fedeno mermo qui carniça*) de batina arribada lhe tirando os tampos. Essamenina nascendo igual a bicho (no falar dos brancos) no fundão da roça-dos-padres (mais fácil fugir dali). Nunca de nunca Ana Brasila ai de costumar com essa gente que veve de sol a sol com muitos panos pro cima do corpo, muito pano tudo molhado de uma água fedida que borbulha da cara, por debaixo dos braços, pelas beiradas de barrigas brancas, e homem um não vai banhar ni tanto rio qui ai por em volta. Parida, como que esquecida. Os padres desinteressados da indiazinha protegendo o filhote. Arreganhar os dentes Ana Brasila arreganhou (e rosnou) quando o padreco senhor dos fogões fez menção de lhe tirar a menina. Melhor assim, esquecida no fundão da roça-dos-padres. Negra Bibiana esgueira-se na escuridão da noite, arriscando-se às surras alimenta a indiazinha. Leite não faltou nos peitio de Ana Brasila para Essamenina. Naquele não saber sabendo, Ana Brasila sabia. A negra Bibiana ajudou, e quando a segunda lua de todo minguou-se e a noite fez-se breu dos breus, com a trouxinha na cabeça, Essamenina amarrada no colo, Ana Brasila partiu na certeza de chegar na oca do oco do sertão.]

Ana Brasila estrebuchada pés escalavrados menina magrela garrada nos peitio (*trapaiada da cansera num incronto rumo do sertão*) encontrou menino nuelo com seus quatro palmo de altura catando coquinho debaixo de uns dendezeiro, nuelo pegou ela pela mão rastou levou pra baixo do pé de iroco *óia mãe qui truxe pra cê.*

Duas mulheres. Uma negra. Uma índia. Menino mulato, menina avermelhada. (*Mãe diz qui chama cô, prendeu máji os branco cada vivente tem cô. Mermo qui caju qui nem pitanga qui nem dendê vremeio. Foia verde qui nem banana qundo num tá boa di cumê, marela tá di cumê — num irpera ficá preta qui tá pôdi. Tudo fruta, foia, pranta deferente i iguá. Gente gente di cara i dente nari na frente, tudo iguá i deferente qui branco manda ni preto i bate ni preto di chibata. Índio faiz qui faiz o qui branco qué. Índio sabê terra rio i imbora.*) Os paus escorados em bico. As palhas sendo paredes cobertura. Menina magrela nos peitio. Negra Prudença acarinha Índia: *tudo ai di sê di nóis, dá di cumê, dá di bebê, dá di vivê.* Prudença acarinha menina: *vixe qui é magrela... tem um zoião qui bria qui nem estrela.* Índia arrevesada envergonhada acalentada: *di por diante chamemo minina Estrela — i tu, índia, cuma chama? — ni meu sertão tendia por nome Macarana, os branco dero di mi chamá Ana Brasila, curtumei — eu, chamo Prudença, o minino Frutuoso.* Estrela engatinhando entre as mulheres em seus afazeres (que de tudo sabem sobreviver aprendidos em terras d'África ou nos sertões disto aqui daqui mesmo — plantar, tecer, olariar, caçar, pescar, cozinhar... arrevesando em língua de branco).

Frutuoso (mais um palmo crescido) sempre escapole. Anda léguas margeando rio abaixo procurando (qualquer coisa que seja sem nada saber), às vezes passa dois escuro e três claro sem voltar. Frutuoso se amoita no alto do morro apreciando lugar láááá embaixo: olho sapocado de ver tanta gente que vai pra cá vai pra lá — beira d'água não é praia nem barro nem mato, é pedra em cima de pedra lisa no destaboque do riozão (dito que é mar). Em cima dess'água grande tem muita coisança (que nem folha de mulungu corre lá no riacho, que nem quando o roncador do céu brilha o escuro escuro derribando alvres e tem alvre que corre por cima d'água fugindo).

Quando desesclarece, não é de palha palhoça onde a gente toda se arrecolhe (mãe diz que é casa), grande, lisa da cor de bago de jaca com uns buracos tampados que vem e que vai da cor das folhas lá do mato (mãe diz que é porta e janela). Em hora de ninguém não vê no alto da colina mais alta (Frutuoso sabe se esconder qui nem bicho fugindo de ser caçado), dorme por detrás do dito "altar" escondido nas ramagens de verdes palmas e samambaias (murchas). Sinos beleleim beleinlão tirando o dormir de Frutuoso, olhos nas frestas dos "ouros" folhas: mulheres igual urubu de cara branca resto coberta de preto. Frutuoso não entende nada de nada da fala do "padre" que assim se diz. Homens, mulheres: olham padre *dominus vobiscum* de costas pra eles. Suspende a mão como quem vai pegar fruta no pé. Abre os braços, roupa grande bem grande. Garra uma quartinha de ouro bota lá no alto. Dispois é um beiju cara-de-lua que o padre levanta pros altos. Homens, mulheres: joelho no chão, olho derreado ninguém não olha. Tililim tililim na mão de menino coberto de panos grandes que nem o padre. Homens, mulheres. Tudo andando é vem pra cá. Padre dá de comer um beijuzinho a cada um. *Ite missa est.* Homens, mulheres de porta afora. Nem piu nem nada. Frutuoso silencioso leve como onça rondando bicho de pena sai detrás do altar. Assombrado cutuca homem duro das grotas do altar — dito vulto de barro, vulto de pau. Lá no alto, o maior de todos: não coberto de roupa que nem os brancos, não coberto de roupas de toda cor de toda fruta. Lá no alto, o maior de todos: qui nem que eles ficam na mata de cobre-cobre nos quase nada. Lá no alto, o maior de todos: preso na cruzeta de dois pau, parecia tá de muita dor (só de preciar aquela dor Frutuoso chegou sentir uns gruguminho por dentro, um gege, o olho querendo aguar).

Se achega (amoitado) na beira do rio: olhos em brasa de ver aquela árvore meio cheia meio oca deitada na água (sem afundar) que os homens entram nela e com um pau (batendo afundando n'água espadanchando tirando d'água) lá se vai aquilo andando em cima do rio. Sempre escondido aqui e acolá se aprochega pra melhor ver e mais ouvir, saber: é canoa é remo... São muitas "canoa" e "barco" e "saveiro" e "sumaca" e mais longe "nau" (as nau chega dar medo: mais feia que onça braba, mais grande que muito morro, bicuda que nem tamanduá). Olho do menino não desgruda é das canoas: negros carregam loiça, frutas, açúcar, tabaco, farinha (vão embora). Chegam de lá (não sabe onde é o lá), negros carregam pra terra "carne-do-sertão", "toucinho", "garrafão" (o branco grita *se quebras um garrafão desse, negro vadio, dou-te uma coça, se roubas minh'aguardente, mato-te*). Tão assombrado de tanta visão quando deu de si tinha passado quatro escuro e mais outro escuro longe da roça. Volta sem parar nem um tiquinho (nem pra chupar umbu, nem pra comer araçá, sequer prum gole d'água, que dirá caçar nambu). Cabreiro, fica ali pelos cantos, mãe nem dá fé qu'ele chegou – pois nem peixinho, nem quati... qui sempre o menino traz. Den'da cabeça grumiano as canoa e os vurto de barro.

Frutuoso e Estrela

Dia em que Frutuoso voltou das andanças trazendo bichinho cor de barro olhos brilhantes, rabo abanando, lambidinhas num e noutro (esse bicho não é de comer, é "cachorro", é de viver mermo qui gente). Cada vez mais, Frutuoso, além da caça e da pesca, traz o que antes nunca vira. Desde que trouxe "enxada" – ajuda na plantação, "faca" – destrinça a caça, "facão" – abre coco verde e desfia a piaçava, "pilão" – pra pisar o dendê... e mais e mais, mãe deixou de aperrear com os escuros e os claros desaparecido (ele). Prudença não quer "sacos" (Frutuoso diz que faz "roupa de nego"). – *Ora quá! Ni qui Ana Brasila num viu branco um na roça desaperriô largano di banda a "roupa di nego"* (e Prudença, inda que cobrisse um poucochinho o buzanfã, largou de banda o cobre-cobre). *Oxente minino só tu bota cobre-cobre pra assuntá as banda qui tu assunta i um num vê tu assuntando.* (Frutuoso continuou trazendo sacos, coisas e loisas, mais ensinamento tinha pra ensinar.) Mãe e Mãe sabe trançar fio muito melhor de bom de cobrir corpo tempo de friagem. Mãe e Mãe sabe escolher desfiar palha boa de trançar, fazer rede de dòrmir. Descaroçar algodão. Fiar.

Desde que Estrela deu de entender e falar vai mais Frutuoso pra beira do rio. Trocam mentiras. Ele: de uma somente só porretada matou dez brancos languenzos. Ela: viu tudo tudinho acontecer olhando como que para trasontonte parecendo quando nós se vê olhando na água da beira da lagoa. Ele: marrou um bando de mula branca (devia de ser quatro e outras quatro) bem marrada em quatro pé de jacarandá (todos quatro por ele derrubados bem lá dentro do dentro do oco da mata), danou-se as mula de nadar rastando os jacarandá travessando o maroceano. Riba dos jacarandá uma cesta de aipim outra cesta de banana, uma cabaça de dendê, um cestão de farinha e camarão seco e mais cesta disso e cesta daquiloutro. Fogueira acesa alumia o escuro, assa peixe que pula da água den'dela. Frutuoso comendo. Dormindo. Dormindo, comendo. Té lá donde Mãe veio. Ela: tumém foi bem lá dento do oco da mata, num derribou jacarandá um. Qui nem qui vai pra dento da palhoça, dento ela do máji grande jequitibá: Vruuuuum!!! Chegou lá in riba no céu azu. Massou as nuves branca máji i milhó qui massá barro. Diz qui vivente lá do céu mistura nuve cum lama preta pra dizê qui é vem chuva (Estrela não viu barro nem lama no céu).

– Como vortou?

– Muntada numa arara, i Frutuoso como vortou?

– Num vortei tu qui chegou, arara truxe tu pra terra di Mãe, truxe tu pra incrontá eu.

Tanto qui-qui-qui e cá-cá-cá Estrela e Frutuoso rolando beirada do rio, um por cima, outro por baixo, chega água sair dos zóio, um se relando no outro, chega o pingulim de Frutuoso ficar parecendo um graveto, durim, durim. Chega esquentar parecendo beira de fogo. Rolando vão esfriar den'd'água. Uma mansidão... toma conta de tudo. Cigarra ciu-ciu. Cachorro aparece trazendo quati no dente, rabo abanando.

Trocam prosas – passou dois claro amoitado apreciando a árvore (por nome canoa) deitada no rio e os brancos que gritam e os negros que fazem o que os brancos querem e os brancos que de chibata na mão batem com força nas costas dos negros e o negro que faz a canoa andar em cima da água do rio e o negro amarra a canoa no pé de pau e o branco grita *ai de ti ó negro safado se a canoa desamarra e desce rio abaixo.* Quer pegar a canoa e trazer (eles pensam que canoa foi embora). Troca de prosas que aqui ela já não sabe se conversa de mesmo ou conversa do olho do coração, aquieta olhando pra dentro não tem mentira nem verdade pra contar a Frutuoso (agora). Cachorro pula den'd'água late sorrindo chamando eles pra espadanchar pular e gritar jogar graveto. (Cachorro chegou atrasado, entende, vai atrás da pedra pega o quati – que guardou, segue os meninos.) *Vamos!*

Nas beiras arriba da Lagoinha a roça de mandioca e milharal, na beirada mesmo: abacaxis; na mata rala arenosa: cajueiros; depois: dendezeiros e coqueiros e pés de licuri e de juçara e de piaçava e mata fechada, imensas cajazeiras. Por debaixo e por em volta do pé de iroco capinado roçado: os paus escorados em bico. Revoadas de beija-flores. As palhas sendo paredes cobertura (quando chegou menina magrela de peitio) não mais. Cruzetas se fincaram entrelaçaram atadas com cipó, sopapou-se de barro. Cobriu de piaçava. Casa. Frutuoso crescendo ajudou no que Mãe lembrava, ensinou no que Mãe adivinhava. Desfolharam longas palmas. Secaram. Trançaram. Esteiras pra dormir. Engrudaram piaçava e palmas e cruzaram gravetos: portas e janelas. Na beira do rio os pés de abacaxi (a marcar em cada frutada que por três veis, quatro lua se passou e a plantação e a colheita disto e daquilo vai outra vez pro começo de novo, daí a três lua é tempo de plantar o milho e de assim por em diante).

Ana Brasila arrancando raízes. Os dois meninos relando. Arrumando o tapiti, escorrendo água fedorenta que dá carimã gostosa. Ana Brasila acendendo fogo embaixo de aguidá, torrando a massa escorrida: farinha. Prudença pilando dendê, cozinhando, escorrendo: azeite. Os dois meninos quebrando os coquinhos do dendê e do licuri (come o de dentro, junta em monte a casca dura). Por detrás da jabuticabeira vai crescendo o monte: conchinhas (Frutuoso traz de suas excursões àquele grande rio que não se vê margem onde água fica muito muito friviada qui nem quando Mãe bota água na potança em cima do fogo — deve ser o tale de maroceano donde Mãe conta de donde veio); casca de caramujo (que eles pegam no mato bota na cinza quente, restos de fogo de Mãe, os bichinhos vão saindo e eles pléquete espeta o graveto e lampt come de uma goelada); concha de mapé e de sururu e de tarioba (que catam no mangue, freventam, concha vai pro monte, bichinho vai pro aguidá no fogo com as folhas verdes cheirosas e mais o caldo do dendê e mais o leite espremido do coco, depois junta com a raiz do aipim cozida pisadaamassada e banana e pimenta e farinha, fazendo bolinho na mão – e vai tudo goela abaixo).

Chupando jabuticaba Frutuoso provoca Estrela, lhe faz cócegas. Qui-qui-qui e cá-cá-cá rolam pela capoeira. Se ralam na montoeira de casquinhas, conchinhas – dureza. Frutuoso corre trazendo o cesto. Cesto a cesto vão enchendo das durezas, levando. Acocoradinhos frente de casa arrumando cada concha, cada casca (pedras de seixo também), socando com uma pedra grande: no terreiro (muitas luas muitos sóis, vez sim, outras não, estarão ali os dois aumentando o terreiro contando estórias). Sitrudia Prudença faz palheiro em cima do terreiro. Ana Brasila trança rede. Sol indo embora, frescorola, ali se ficam, Mãe e Mãe braçadas na rede. Frutuoso faz cafuné em Estrela. Cachorro enrodilhado embaixo da rede ressonando e peidando. Trocam verdades. Mãe e Mãe tão no tempo de colheita, podem ouvir. Estrela disse tá na hora delas saber de por que a mula veio e do que tá pra chegar.

Frutuoso vai soltando. Que daquele dia lá já mais de quatro lua passada e mais quatro lua que tumém passou, do dia qui mãe retou qu'ele sumiu (mais que os três claro e dois escuro de costume). Foi quando ele esqueceu da vida assuntando a tal de canoa. Se de premero trazia só coisa de mato e rio (paca, tatu, teiú, cutia, quati, mocó – xangó, camarão – caju, cajá, cana, manga, mangaba) fazia de conta que só pelas matas andou. Quando deu o calundu dois claro e um escuro sem falar (só gemendo ai-ai-ai ui-ui-ui nas beirada da lama dos riacho querendo fazer vulto de barro) terminou que contou (pouco) do (muito) que viu depois das matas seguindo caminho do riachinho ao Riacho do Dendê, descendo que nem o Rio da Curva Grande té todo Rio do Mar (pra voltar sem se perder – nem deixar rastro). E só contou pra ensinar (um pouco) do que viu. De pegar do barro bem barrento ali onde aquele bocado de riacho se encontra: massar bem massado socado ir abrindo com os dedos e as palmas da mão formando cumbucas bem melhor de que cabaça, de deixar elas quentando no sol, de fazer o monte de palha seca imbricado com as cumbucas na beira da Lagoinha do lado do vento bom, de acender fogo nisso tudo. Do assombramento de Prudença de ver que eles tudo agora sabia fazer daquela loiça que ela (arriscando a própria vida) voltou uma noite na senzala pra pegar umas duas ou três. Do assombramento de todos no susto de Ana Brasila de repente espocada da lembrança de tudo do barro entender e saber, sendo ela a ensinar ao invés de aprender. Apois já daquele em tempo vinha ele assuntando de como fazer uma canoa. Se estreitando, quase querendo sumir, vadeou acima um pouco do rio terminando por encontrar os fazedor de canoa. Nunca de nunca, mermo Estrela ajudando, ia conseguir fazer uma canoa. Se quis desamarrar a primeira canoa que viu mas não quis (o negro ia tomar lambada, o branco disse) e nem podia (tão grande ela, tão pesado o remo, tão chocho ele), assuntou (passado o primeiro choquencantamento) que tinha canoa de todo tamanho, qui nem árvore e bicho e gente. Carecia de uma filhota de canoa.

Muita vez que foi lá e que voltou pra roça. Muita vez que no de lá, pelos cantos pelos esconsos escutando conversação na palhoça dos fazedor de canoa (de primeiro não entende tudo-tudo, tira umas perguntas com Mãe volta pra escutar mais e melhor), na cabeça os rabos das conversas — do preto de carapinha branca: *pai é Oxalá grande maió di todos — Oxóssi ajuda caçá — Oxum toma conta di nóis nas canoa nas água do rio — Iemanjá nas água do mar — Omolu num deixa nóis tê doença di branco — Iansã sorta os fogo do arto do céu roncadô* — do preto moço de olho verde costas largas braços enormes coxas maiores, em hora de muita risada: — *véio bobo, só Menino Jesu tudo pode — bestetu nigrinho criado cum padre — nafabeto é tu nego véio, Menino Jesu fala ni meu drumi, Menino Jesu mi deu-me aforria.* Quando eles pega no sono (o velho dorme na esteira dentro da palhoça, Zóio Verde na rede amarrada no pés de araçá) Frutuoso (bem escondido) faz um barulhão de tremer terra só pra ver se eles acorda (eles nem ronc nem rum, é hora de levar canoa). Não tem força nem pra bater o remo. Volta pra terra, outro barulhão. Zóio Verde só se remelexe estremece o ronco. Esgueirado que nem cobra sem barulho um, menino embaixo da rede, voz fina tremelicando: — *sou Minino Jisu perciso di canoa pequena pra tomá conta di cês rio abaixo rio acima.* No pulo de Zóio Verde prum lado, menino já se escafedeu pelo outro.

Demorou mais que sempre pra voltar onde os fazedor de canoa. Chegou na horinha mesmo de escuitar conversa dos nego — *Vai, vai lá proguntá pros padres. Onde si viu Minino Jisu pedindo canoa pequena? Tu perdendo noite i máji noite faiz canoa pequena (in tempo dos branco vê i ti dá u'a sova). Dia i máji dia vai lá no ircondido das rama do ingazeiro rodela di riacho canoa marrada no pé di pau, remo dento — Vai vê qui num é pequena da pequenez di Menino Jesu, ele num qué — Tá doidio home? Tá di bom tamanhe, qui minino dá pra vadeá nela té crescê i inda dá... Oxente ói eu tumém dizeno qui Minino Jisu vem buscá canoa pequena.* Tempo de escutar e logo correr até a rodela do riacho, olhar, olhar pr'aquela canoa de bom tamanho com os reminho deitado dentro (chegou sentir uns gruguminho por dentro parecendo dor parecendo que a barriga ia dar risada, queria Estrela deitada na canoa um fazendo cafuné no outro, canoa descendo na força do rio — subindo no braço dele puxando o remo). Tempo de esperar sol ir embora. Tempo de se arrecolher té quando sol vem de novo pr'ele entrar na canoa e ir pra roça (e vai que tem mesmo o tal de Minino Jisu, vai que ele vem justo pr'aqui e carrega a canoa antes de eu). Quieto comeu umas bananas, o taco de peixe seco que trouxe no embornal, com farinha. Esgueirou na beira do riacho, mãozinha em concha bebeu água bem pertinho da canoa. Alisou de leeeve... a canoa. De verdade. Amoitou-se. Um sagüim veio comer banana na sua mão, ficou por ali lhe rodeando. Escuridão veio de vez. Pegou no sono. O sagüim dormindo no seu cangote. Muito lá detrás da serra o sol pensando levantar: Frutuoso já bateu remo na água, sagüim corre de ponta a ponta da canoa, encarapita na cabeça do menino, lá se vão subindo o Rio do Mar. (Zóio Verde e Nego Véio brancos do susto de ver um escuro Menino Jesu na quebrada do rio indo embora na canoa.)

Mãe e Mãe se espreguiçando na rede diz que é mais que tempo todo mundo ir dormir, depois nós continua esse prosear arrevesado qui manhãzinha tem muita labuta pra labutar.

Tempo tem que quando sol cai detrás da serra (ligeiro de um pulo só) vem pra cá uma friagem. Fogo aceso no terreiro. Mãe e Mãe braçadas na rede. Cachorro enrodilhado embaixo roncando sonhando e peidando. Estrela bota milho tira milho da fogueira, eles tudo crot-crot. Frutuoso a prosear: é vinha subindo o Rio do Mar (Nego Véio e Zóio Verde fala do rio falando assim) na canoa, sagüim quiriquiqui pra lá pra cá. Sol no começo da subida pro cocuruto do céu. Remo cada vez mais difíci de suspender e abaixar. Mão mais vermelha que pitanga (doída). Premera rodela de riacho que encontrou escondeu marrou canoa. Assuntou por em volta. Passo bem miúdo sem chec-chec nas folha seca preseguindo um baruio que escuitou, sem barulho (ele) que nem quando qué pegá caça, encontrou: uma mula bem de dela comendo no verde grande depois das folha seca. Assuntou bem. Mais nada. Nenhum pé de bicho nem nenhum pé de gente. Somente sagüim pulando em derredor da mula. Frutuoso de carreira pra canoa. Qué vê qui tá marrada bem marrada na rodela do riacho, no pé da cachoeirinha. Ircondida máji qui ircondida. Vortou (embornal quase vazio na cabeça). Sol nem quase se mexeu lá no caminho do céu ele já alisando a mula (amansada estava que o sagüim cuidou de tudo): *eita Mula boa vamo mais eu qui Mãe vai querê tu.* E foi só falar assim, lá vai Frutuoso montado na mula, galho de folhas cheirosas a ciciar no pescoço dela mostra caminho. Sagüim se encarapita arvoredo acima quiriquiquiiiiii... Vaaaai embora. Andando de pé só chegava no Rio da Curva Grande o sol já indo do cocuruto do céu se aninhando pra descer. Sol inda nem cabou de subir. Potoco potoco. Cheguemo no Riacho do Dendê sol bem forte e gordo brilhando lá no céu. *Do Riacho do Dendê a cá sartando riacho, riachim, cês tudo viu a chegança Mula i eu debaixo di céu todim azu.* Foi quando, mais uma vez, Frutuoso falou assim: *óia mãe qui truxe pra cê.*

Mãe e Mãe (donas de uma mula) em andanças proutra banda que não a do menino. Riachos e mais riachos correndo pelos vales. Mangue (como de lá de onde fugiu). Prudença sabe: donde tem mangue logo mais maroceano. *Um dia, Ana Brasila, nóis vai vê maroceano.* Beira de mangue, tocaiando os caranguejo em tempo de andada, ranca as boca (larga os caranguejo pra nascer outra). Depois do mangue, longe de casa, riachim bom... Mãe e Mãe den'd'água. Mula quentando sol mais adiante (espera). Sentadas no rasinho de água dourada, areia branquinha. Cabacinha jogando de leeeve uma pela cabeça da outra, alisando tirando lama. Vira de costas, tem muita lama no derecum. Mão em concha puxando água do riacho vai passando que passando uma no corpo da outra. Dedos nas frestas. Amassos em biquinhos. Estremunhas de gostosura da boa. Grita o silêncio da mata. Tudo é paz.

Canoa escondida esperando lá na rodela do rio no pé da cachoeirinha. Muito pra cá donde mora branco. Muito lá pra lá donde mora Mãe e Mãe. Frutuoso desce de pé. Pega canoa. É vem batendo batendo remo. Subindo tiquinho por tiquinho pelas beiradas do Rio do Mar. É vem subindo. Parando. Subindo. Não sentiu o sol esquentar lá no cocuruto do céu. Nem água saindo do olho. Nem ai nem ui saindo das entranhas. Nem barriga pedindo de comer. Não sentiu nada. Subindo tiquinho por tiquinho. Na cabeça: *pode chegá muitio claro, pode passá muitio iscuro: chega eu, chega canoa*. Chuva cai não é tempo dela. Cai querendo rebentar tudo. Inda bem que Frutuoso sabe cheiro de chuva que é vem. Marrou canoa antes do primeiro pingo (que era um pote) bater na cabeça dele. Nuvens pretas (*será qui Estrela foi lá in cima misturá nuve cum lama?*). Tchóóóó. Chovendo chuva sem parar. Correu longe da margem. Embrenhando mato adentro antes de beira de rio ficar que nem lagoa. Tomou tento da Preda Furada pra ficar té que chuva esmorecesse. Na carreira de marrar canoa, água do rio já vindo demais correndo puxando, perdeu o embornal (tudo que Estrela ajuntou). Debaixo da Preda Furada a barriga engriziano, roncando, corpinho batendo mais que folha na ventania. Escuro do escuro tomou conta do escuro do dia. Tchóóóó. Roncador do céu roncando soltando fogo. Tchóóóó. Sono pegou Frutuoso. Abriu olho: sol quase no cocuruto do céu. Azul. Cada mão que nem um pilão. Mão vermelha mais que pitanga, mais que caju. Mão soltando caldo mais que umbu pisado, pôdi. Tornou de caminhar. Caminho de casa. Caindo levantando, pernas cambaia. Caído. Abre olho: Estrela garrada por cima dele: *corre, mãe, incrontei Frutuoso.* Deitaram ele travesseado por cima da mula, passinho que passinho é vão. Estrela corre correndo muito rumo da roça. Prudença em banzo e búzios debaixo do pé de iroco (como nunca se viu) carece de saber que Frutuoso é encontrado. Frutuoso não sabia tanto escuro se passou chuva chovendo té o sol aparecer. Frutuoso tresvariando.

Chuva, sol, lua, estrela, Frutuoso na rede. Nem piu. Prudença pisando folha de urucum misturando com restim de cauim mornando mornando por cima das mão de Frutuoso. Ana Brasila panhando água fresquinha nas cabaça, molhando os trançado e friando friando na cabeça do menino. Estrela dando aluá de pouco em pouco pra Frutuoso beber, e muita água-de-coco. E foi cidreira de infusão no fervor da água, e foi flor de laranjeira friviante e mais catuaba, e mais flor de ipê. Muitio mastruz pisado den'di cauim prumados nas parma das mão. Cachorro lambendo um, festejando outro, consolando. Quieto nem um au. Mão foi chegando pro que era. Força do corpo voltando... Té que um amanhecer Frutuoso pulou da rede são sadio. Mãe e Mãe, Frutuoso, Estrela: azáfama de colher mandioca fazer massa, beiju, farinha (nem poeira restou que ninguém nada não fez tantos claro tanto escuro só cuidando de Frutuoso), descascar abacaxi fazer aluá, mascar milho e mandioca pra fazer cauim, pegar xangó secar xangó, catar secar folha de tabaco enrolar, pilar dendê. Correr mata adentro caçar nambu capivara anta, nos esconsos dos riacho vê se pega uma galinha-d'água, um marreco, percurá ovos no ninho.

Foi qui foi qui assim si deu. Mãe i Mãe já ouviu tudo. Mãe i Mãe tá sabedora qui tudo qui assim si deu-se foi pro causa di canoa qui tá lá nas banda da Preda Furada qui Iansã i Minino Jisu companhado di Oxalá, Oxum tomano tento, deixaro canoa esperá eu, percisado eu vortá lá. Prudença durona: *minino danado, poquentação quaje carregô eu pra lugá di nunca mais.* Ana Brasila mansamente: *eita nega bem-querê qui minino faiz tudo di bom pra eu pra tu pra Estrela, di por diante Estrela vai maj'ele* (doida por isto estava Estrela, de mão dada com Frutuoso correm pra beira da Lagoinha, acocorados, escarafuncham o chão, tramam novas andadas, caminhos de caminhar, rios de riachar, canoa pra canoar).

Preda Furada. Frutuoso e Estrela acima e abaixo nas redondezas, pelas rodelas sem encontrar canoa. *Será pussive Minino Jisu qui tu levô canoa?* Frutuoso corre lá, corre cá. Em agonia, suado. Estrela durona: *queta qui, assenta, assunta...* Estrela mansa: *sol tá no cocuruto do céu, vamo banhá, cumê...* Acarinha. Faz cafuné. Comidos, banhados, descansados caminham passinho miúdo, den'd'água. No destaboque da terceira redondela da cachoeira (que aqui na Preda Furada é um nunca-acabar de redondela e tava tudo truvo e passou muitas lua desde que Frutuoso escondeu canoa) Frutuoso se joga no chão, dá pulos, gritos (direitinho um bugio). Estrela extasiada munta e desmunta da canoa. Não deu dois tempo já Estrela rema de mermo mais Frutuoso. É vão saindo do Rio do Mar. Descendo na força do Rio da Curva Grande. Sol querendo se esconder de todo. Canoa marrada na prainha do boqueirão. Nos esconso de proteção dos bicho da noite os meninos se aninham. A lua graaaande... já aparece no céu antes do escuro escurecer. Frutuoso pega de massar barro, afina aqui, esburaca ali, engorda acolá, com gravetos e gravetinhos, alisares e espeares. Estrela na foguei-rinha, nos aperparo do de comer. Do caçuá sai tacho e aguidá, trouxinha de farinha, cabacinha cheia de dendê, camarão seco, tomate, hortelã. Den'das paia, ovos. Por cima do fogo: tchiii-tchii friviando comida boa. Por dentro do fogo: crot-crot cozinhando vulto de barro (assando castanha de caju). Em volta do fogo: lept-lept, os meninos na comilança. Jiboiando de barriga pra cima den'do escuro, ventinho manso, rio correndo no silêncio da mata. Menino e menina, escoradinhos um no outro esquenta esquentando da friagem boa que arrupia. Frutuoso em alisares e espeares pelo corpo de Estrela — mais jeitoso de qui quando pega de massar barro, dedos futucando de leeeeve os buraquinhos da cabeça, mãos passeandoalisando os montes dos peitio, descendo ao montinho do riacho de entre as pernas. Estrela suspirando nham-nham-nham, mãozinha desde os cabelos da cabeça de Frutuoso até encontrar os cabelos lá de baixo rodeando pingulim que nem graveto durim que já é vem em percura da rodelinha. Os dois um só. Nham-nham-nham de não se acabar. Boca com boca, lambidinhas boas. Miname-name um comendo a lingüinha do outro. Gostosura. Grita silêncio da mata. Rola água do rio. Tudo é paz. A gostosura traz o sono dos meninos. O sono leva o cansaço.

Manhecer do dia Frutuoso e Estrela muntados na canoa, aninhadinhos um no outro — cafuné, xuruxuxu nas oreinha, é vão descendo Rio da Curva Grande. Antes de sol chegar no cocuruto do céu, pelo Riacho do Dendê, subindo. Té nascedouro donde vai ser morada da canoa. Pertim, pertim da Lagoinha, de casa, do pé de iroco. Pertim, pertim das traia, dos terém, do viver de Mãe e Mãe.

Zóio Verde e Brianda

Frutuoso e Estrela amoitados apreciam os fazedor de canoa. Da boca de Estrela conversa de conversê mais Zóio Verde e Nego Véio, foi ela quem se deu de conhecer, quem pegou de prosear — nas vinda e volta, a amizade. Zóio Verde de acerto com Nego Véio mais Frutuoso e mais Estrela. Qui mermo Nego Véio mais Zóio Verde tendo se forriado, mermo tando de vivente longe donde os brancos e os comércio eles veve por cá rodeado de medo dos branco iscroto. Mermo niguciano as canoa qui eles faiz, num consegue forriar a nega Brianda — *eita nega boa di drumi, nega boa di trabaiá, qui nem ela num tem ota assim na olaria.* Acerto aqui mais acerto acolá, viage que sobe viage que desce, conversê mais Prudença Angola e Ana Brasila: menos de cinco lua passada já se deu-se o roubo de Brianda que com o adjutório das duas alevanta palhoça na outra beira da Lagoinha. Zóio Verde e Nego Véio na labuta das encomenda e das entrega de canoa priceia munto muvimento de percura de Brianda.

Zóio Verde cheim di fingimento na revorta do abandono veve no adjutório da percura, só faiz dizê – *ai Brianda safada foi simbora cum o branco, bem ela mi dizia, si num forrio ela si ia-se na nau qui daqui partiu* e chorava e se batia, num tinha quem não querditasse em tamanha amofinação. De tanta repetição, todo mundo querditou e té o dono dela, o portuga dono da olaria não se deu de vencido e contou a um e todos por quantos contos de réis vendeu Brianda que partiu na nau, ela toda negra vestida em linhos brancos e sedas purpurinas, coberta de oiros e pratas, levada por um conterrâneo totalmente p'xonado. Té qui um dia Nego Véio nunciou Zóio Verde morreu de tristeza, Nego Véio jogou corpo no fundão do rio.

Do outro lado da Lagoinha, no pé da serra, por debaixo dos sapotizeiro a moradia de Zóio Verde e Brianda, terreiro rodeado de pitangueiras e pés de urucum. Mais um pouco de caminhada adiante da morada da canoa, donde qui tem barro bom por entre os riachim, a palhoça de olaria. Construído está um grande forno com chaminé de bom tamanho, já não dependem de vento nem mais a chuva pode atrapalhar – e formas e tornos de fazer loiça: alguidares de diferentes tamanhos, frigideiras, tigelas de cabo, boiões, bacias, pratos de comer, panelas de cozinhar... A peroleira (de muita saída) que o povo do engenho quer uns e mais outros para armazenar o melado, os portuga encomenda outros tantos pra dividir o vinho trazido de suas terras em grandes barris. Em pouco a olaria já está vidrando louça. Donde tumém vem Ana Brasila mais Prudença trançar e olariar, Frutuoso cozinhar os vurtos de barro. As três roçando a mandioca, debulhando milho, cuidando do terreiro cheio de galinha e pintinhos, o porco grandão, a porca em tempo de dá cria. Zóio Verde canoano, percurando té donde se vai, caça e pesca, se tem outras moradas pro norte do mar ou das terras. Zóio Verde e Frutuoso desce rio levando loiça, farinhas e trançado. Sobe rio trazendo carne-seca, açúcar, óleo, sal, breu...

Barriga de Estrela e de Brianda crescendo. Em casa de Mãe e Mãe, Zóio Verde mais Frutuoso mais Estrela alevantando puxado moradia dos meninamigo, levanta caibro, sopapa barro, trança palha estende palha, Zóio Verde se acabando de se rir-se das istripulia — *ai Frutuoso danado qui mi inganô dizeno qui era Menino Jesu*, fazendo de conta que as água dos zóio é só de se rir-se, apriceia embaciado o vurto de barro que Frutuoso lhe fez do Minino Jisu quaje quaje igualzin aquele Minino Jisu donde Zóio Verde prendeu rezar mais os padre. Ninguém dali não sabe como que Frutuoso massa os barro e cutuca de gravetim e lasca de pau afilado pra lá e pra cá e dispois cozinha os vurto de belezura sem igual.

Frutuoso, de repente um homão quaje afunda canoinha, veve rio acima rio abaixo ni canoa grande e bela qui Zóio já fez cá no Riacho do Dendê. Nego Véio triste não qué saí de seus canto de véio. Não qué sabê as banda donde tão os outro, diz que se ele sumi os branco termina por disconfiá. Tá é perto de se ir-se pra lugar de nunca mais. Vai levando essa vida de véio fazedô de canoa sem mais querê. Só qué mais uma coisa antes de se ir-se pra sempres. Qué qui Estrela e Frutuoso carreguem pras bandas de lá uma sua neta por nome Polônia Fogaça mais o home dela Diogo Queixada.

É lua nova, a bacia d'água, os panos limpinhos, as candeias alumiando, Brianda revolteando em dor querendo o catre, Ana Brasila ensinando ela que cocorada é melhor, e mais que ligeiro apara o filho de Zóio Verde e Brianda suspirante – *ai qui dô maj'isquicida...* Zóio pede a Frutuoso aquela seda azul (vinda por um acaso em meio às cestas de carne-do-sertão), pede uma cumbuca com água e uma tilisca de sal, manda que todo mundo se chegue perto de seu tamborete grande donde fica os vurto de barro, manda Ana Brasila e Prudença carregar o bitelão seu filho, negro de olho verde como o pai, acabado de nascer, coloca a seda azul por em volta do pescoço e tudo igualzinho como vira os padres, batiza Bastião Cavalo em nome do Pai, do Menino Jesu e do Espírito Santo. Prudença responde: *Oxalá ai di cuidiá por todos os sempres.* Na lua cheia seguinte, no puxado de sopapo tudo se repete à chegada de Gaudenço Angola, filho de Frutuoso e Estrela.

No jaqueiral é a moradia de Polônia Fogaça mais o homem dela Diogo Queixada. Não vieram porque quiseram. Vieram pela idéia de salvo do Nego Véio (avô dela no dizê dele – o povo da Lagoinha não vê parecença uma na alvarinha Polônia Fogaça). Vivem arredios, macambúzios. Frutuoso como que sentindo alguma coisa diferente na paz e alegria vivida até então vai conversar com Nego Véio nas beiras da cidade, encontra o corpo do velho inchado da morte morrida. Gaudenço Angola em suas primeiras andadas cercanas foi-se embora de terreiro afora, indo lá pro jaqueiral na cacunda de Diogo. Não quis nunca saber de Bastião Cavalo, este sim, parecendo mais neto de Ana e Prudença que lhe dão todo o carinho rejeitado por Gaudenço, o intiriçado. Zóio Verde em suas rezas arrevesadas se junta com Prudença nos búzios do pé de iroco que a labuta continua, a barriga de Estrela torna a crescer, Ana Brasila e Brianda não dão conta de tanto carregamento que Frutuoso precisa pra levar às bandas da vila. Antes do sol raiar um espreme os peitos da vaca, outra pega os ovos pra estrelar, e se cozinha aipim e pão da terra, os homens comem nacos de carne-seca e se vai indo trabalhar. Mesmo o pequerrucho Bastião já dá lustro na loiça. Prudença até larga de mão tanta farinha e tanto dendê por fazer que a loiça tem mais saimento, vem ajudar na olaria. Frutuoso amua se larga de fazer os vurto pra dá conta do mais saimento de quartinhas, moringas, porrões. Mesmo Zóio Verde de mãos enormes e calosas propícias de talhar pau grande de canoa é vem pra olaria no adjutório (se é sem jeito de pegar no barro, esculpe fôrma de madeira pra mais produção de loiça, constrói torno de tornear cumbucas, moringas...). Estrela nas trempe prepara de comer. Quando o sol esquenta lá no cocuruto do céu, vai todo mundo banhar-se no riachinho. É banho, é refrescar, é brincar. É também assuntar dos dias faltosos para os homens tornar viajar, de aprontar os carregamento. É espadanchar água. É menino Bastião correr mais os cachorros — cada um com nome de peixe: Xangó, Mirorό, Garoupa e Xaréu.

Todos agora têm catre, tamboretes, mesa. Canecas de flandres e bules de estanho. Os homens se vestem em calções de linho branco, as mulheres em batas brancas sobre saias de chitão colorido — eles sem esquecer do chapéu de palha e elas com torços rendados muito bem enrodilhados. Além da velha mula, duas éguas e um burro, cinco vacas, um touro, dois bois, porco, porca, porquinhos. Plantação de feijão, de milho, além do pomar e da mandioca, do aipim e a taioba — essa o mato dá de sobra (ai coisa boa é taioba picada juntada com dendê, camarão seco, amendoim e castanha de caju bem torrados pisados e um tantinho de leite espremido do coco pra cozinhar tudo bem cozinhado pra depois comer com muitia farinha de mandioca). Não é mais de precisão caçar. Deixa os bichinhos da floresta viver que o criatório dá e sobra. São tantos os carregamentos, é tanta a produção, por mais que não queira Frutuoso aceita trazer patacas de ouro e vai saindo em viagens à Vila do Norte achada por Zóio Verde em suas canoanças, agora também em compras, enveredando dos rios à maré, costeando por novas vilas, cidades ou arruados, roças, fazendas, engenhos. (Do muito custo que foi Frutuoso aceitar patacas de ouro em vez de trocar produtos, o de acordo mais Zóio da compra do saveirão veio mais facilitoso.)

Polônia Fogaça e Diogo Queixada é vem buscar de tudo, nada fazendo. Gaudenço vive mais eles, aprendendo a arte de preguiçar. Dia que mata porco, só no ouvir dos guincho que ressoa pela mata, um pé lá o outro cá, esbaforida chega Polônia Fogaça atrás dos naco das tripa, cabaça cheia do sangue é vai ela fazer o só que diz saber o tale do sarapatel que leva dias e dias comendo mais Diogo e mais Gaudenço sem dar tiquinho ao povo da beira da Lagoinha. Comem até apodrecer, comem até se borrarem todos. A palhoça – arrumada com tanto gosto por Frutuoso na espera da neta de Nego Véio – chega estar cambaia de maus-tratos, está que é fedentina pura. Polônia e Diogo correm da água como o cão da cruz. Gaudenço vive se espojando (que nem porco) no lamarão que faz vez de terreiro.

Dia de sol muito quente. Antes mesmo da barriga de Estrela chegar no ponto de esvaziar. A barriga de Brianda tá menor. Bastião e Gaudenço taludinhos aí pelos seus três anos – nunca juntos, um por cá na Lagoinha, outro lá no jaqueiral. Zóio Verde e Frutuoso em viagem para o norte – depois da morte de Nego Véio, Frutuoso largou das idas às bandas do sul, ao Golfo. Mãe e Mãe no mangue arrancando boca de caranguejo na andada, já de cesto cheio, se agradam e se enlaçam e se banham no riachinho quando enxergam um fumacê pras bandas do sítio do Queixada. Esquecidas das vestes, azuretadas montam na mula, correm a ver o neto Gaudenço – é o que mais importa, mesmo com toda a desfaçatez que ele lhes dedica, tão mirrado e tão ordinário a estripar sagüins e calangos (não comentam entre si as ruindades do neto, mas cada uma pensa no homem que a escalavrou, cada qual sendo avô daquele menino, mais alvarinho do que devera de ser). O calorão, maior do que o sol que já quer se pôr, aumenta à correria. No ponto de olho enxergar sítio, as labaredas: nenhum sinal de pé de gente. Inda bem da preguiça do Queixada e sua mulher: nem um plantio em volta do sítio. Capoeira descampada sem árvore uma nem nada, secura, vazio solto por em frente do jaqueiral. O fogo vai morrer somente só na palhoça, *Oxóssi caçadô num ai di espalhá fogo ni mata.* Da olaria donde o fumacê também se cheirou antes de ver, lá vem Brianda com Bastião na cangalha da égua – em galope mais corrido, Estrela e seu barrigão vêm em trotinho mais atrás. Quatro mulheres e um menino. As labaredas a subir o mais que podem, depois esmaecendo descendo sem deixar rastro nem resto de palhoça. Fumaça. Cinzas. Nem pio, Estrela chora todas as lágrimas do mundo. Brianda dá de tremer mais do que vara verde. Mãe e Mãe acudindo *Vala-me meu pai Oxalá!* E mais que isto, nada foi dito nem ouvido. Lágrimas, apenas. Correndo grossas, caudalosas no rosto de Estrela. Ali a noite caiu. Bastião aninhou-se no barrigão de Brianda estatalada. Ana Brasila e Prudença bateram o queixo na friagem da madrugada, sem roupa nem esteira nem coberta. Estrela atravessou a noite acocorada, cada lágrima um porrão. Silenciosa. Uma chuvinha acabou de apagar algum carvão aceso renitente. Dia amanheceu. Sol foi subindo. Quando as mulheres deram de si – as que assim se deram, já lá ia o sol no cocuruto do céu.

Com a quentura do sol volta o tremor de Brianda seguido da dor de parir. Ana Brasila a tudo comanda — *Prudença amunta na égua máji legera i máji qui legero é vem cum muitia cabaça d'água*, faz os preparos enquanto num pulo Prudença vai e volta em tempo de Ana aparar "*u'a cosancinha di nadinha defuntinha*". Brianda desfalecida. Bastião choraminga, dá a mão a Prudença que agora comanda a retirada: — *Estrela óia bem por Brianda té nóis vortá. Ana vai máji Bastião ni riachim panhá as veste, no caçuá tem rede. Vou caçá vara boa di isticá rede promode levá Brianda. Ana maj'eu carrega. Tudo pra Lagoinha té os home vortá.*

Quando os homens voltaram de viagem ao norte já a vida corria dentro da normalidade. Vaca, cadela e porcas paridas. Galinhas chocando. Galo cocorocô. Barrigão de Estrela batendo na boca, ela corada sadia. Brianda esmorecida porém sarada das febres e tremores. Prudença e Ana Brasila envelhecidas. Estrela ordenou que se armassem redes no alpendre do pé de iroco. Ela mesma acendeu fogueira. Escanchelou as pernas, equilibrou o barrigão, sentou no tamborete olhando de um em um. Firme se dirigiu a Zóio Verde: — *truxe arguma alvíssara, deferente di sempres, olaria qui vendeu, boi qui comprô?* — *não, não truxe*. Olhando para Frutuoso — *i tu?* — *tumém não, somente só di sempres incomenda di olaria máji sacas di farinha, o povo diz qui farinha qui nóis faiz di mió gostá i tumém o povo di lá qué camarão seco máji anacoreta di dendê* — *apois tá bem. Num tem camarão seco, num tem anacoreta di dendê, num tem sacas di farinha: apois certemo di certeza incomenda somente só di olaria. As alvíssara da banda di cá fala eu, antes di tu i tu proguntá. Fizemo manga pra boi qui ai di chegá, fizemo máji telhero di olaria i máji dois fogão di quemá teia i munta fôrma di prontá tijolo i dois fogão di quemá tijolo. Num dianta Zóio Verde, tu passá a mão in barriga di Brianda di percura sem proguntá. Num mofina, cabou-se, minino di Brianda si foi-se antes di madurecê. Brianda passou má i tu vê, tá mió. Cês tem Bastião Cavalo qui é máji mió di qui pataca di oro. I tu, bem-querê Frutuoso? Vem cá lisá o barrigão. Seio qui di dento vai saí minina. Vai saí minina boa, sem sangue ruim di home qui feiz tu, sem sangue ruim di home qui feiz eu. Eu seio qui toda mulé fia di fia das fia qui eu i tu vai tê, cada fia por premero vai tê um fio home pra purá os sangue ruim i o fio home vai simbora por todo sempres carregano os sangue ruim. Foi assim qui assim si deu-se cum Gaudenço Angola. Tudim di maré ruim qui si deu-se si foi-se. Nego Véio apois tudim nos divido lugá. Nóis tudo passô u'a noite i um dia embruticida. Sem dá fé di cumê, bebê, nem oriná, nem obrá. Fogaréu comeu na capoera do jaqueral. Di premero cismo di entrá ni fogo, percurá pru meno o corpim di Gaudenço. Só cocorei i fiquei oiando o fogo cabá cum tudo. Num contei té dia dagurinha qui qui vi den'di fogo. Nego Véio alumioso por den'das labareda: ou mió: labareda i Nego Véio-Nego Véio i labareda sem diferençá tudim um só somente só. Cês já iscuitô crot-crot di quemada... Apois: croticano os dizê di Nego Véio tiçado pros aire dizeno* ***"quemada di limpá ruim di ruindade di tudo qui ai. Adispois tu pranta capim faiz manga di boi i toma tento di tomá conta di Brianda qui minino da barriga di Brianda tumém si vai-se imbora é percisado. I adispois num percure osso ni corpo, num percure vivente cá ni acolá. I Zóio Verde inté sabe Nego Véio num teve fio num teve neta, qui Zóio Verde feiz dereitio di di nada nunciá apois qui Polônia Fogaça máji o*** *home Diogo Queixada obra di Nego Véio por percisado das terra alimpá di todas preguiça todas disgraça, di tudo qui ai di ruinoso. Gaudenço tumém di siriviço di alimpá."*

Do barrigão de Estrela é saída uma meninona. Não tem parecença de nada do pai Frutuoso. Nem carapinha, nem cor de escurecimento da noite. Olhos pretos acesos brilhantes, cabelo preto escorrido e cor da pele: tudo tudinho que nem a índia Ana Brasila mãe de Estrela, por essas maneiras recebeu o nome de Lonô Brasila. É xodó de Bastião Cavalo, esquecido das carreiras e istripulias mais Xangó, Miroró, Garoupa e Xaréu até que Lonô ainda engatinhando já se embola mais os cachorros. Antes, muito antes de andar, Lonô fala melhor de que qualquer ali da Lagoinha. Prudença e Ana Brasila avexadas — *inxente gente donde essamenina prendeu esses dizê, té parece qui veve in casa di cidade, té parece qui é fia di branco.* Bastião Cavalo montado na égua Tralalá com Lonô dentro do caçuá, em carreiras desabaladas. Bastião Cavalo e Lonô Brasila no Riacho do Dendê, na olaria fazendo caxixi, fazendo cozinhado debaixo do pé de iroco.

Brianda, Mãe e Mãe já sabem que, depois do acontecido do menino vindo sem vir, secou. Só Estrela toda lua é vem doente da madre. E nada de barriga. Mesmo ficando mais Frutuoso, como nos tempos de antes, dois escuro e um claro de sumiço, cada vez que Frutuoso chega de viagem. Não tem catre nem "cochão de paia" nem "visseiro de pena e de macela" que afaste os dois do sumiço, do friozim deitados nos molhadinhos do oco da mata por debaixo das samambaias, enfeitados de tanta cor de florquídia, passarinho gorjeando, os bugio saracoteando, cantoria da saparia. Não tem boniteza vinda das vilacidades que afaste Frutuoso e Estrela dos passeios de canoa a descobrir mais redondela de rio, banhos debaixo de cachoeiras, embornal cheinho de gostosura, fogueira acesa nas barranquinhas cobertas de areia branca, os dois deitados a se rir de bem-querer. — *Ê frutuoso frutero... teu gravetim tá maió qui tronco di ipê, vem meu dendê mi lambe-me mi gostoseia — Fruta gortosa é tu minha estrelinha di manhecê 'xeu chupá a jabuticaba da grotinha* (miname-name-name cara de Frutuoso den'das perna de Estrela) — *Ai qui bananão máji di duro* (chop-chop, rolão de Frutuoso den'da boca de Estrela) — *Vamo qui vamo bananão qué entrá na grotinha...* (nham-nham-nham nhem-nhem-nhem um den'd'outo noite e dia, dia e noite pelas matas, beiradas de rio, quedas-d'água — mas se tempo não ai de enveredar pelas matas, o cochão di paia, as esteiras de tabua, catres e tamboretes, tudo tumém é bom pra por riba gostosear).

Lonô Brasila taluda dona da canoinha de Menino Jesu — que Bastião já botou de viajar mais os homens e ela rema como uma danada, que Lonô não gosta dos que fazer de tacho e fogo, que Lonô só dá adjutório na olaria se não consegue escapulir, que Lonô quer é viver pelos riachinhos pegando peixe de mão, nas matas catando fruta conversando com os bugio, a jandaia Corocota por vida apeada no seu ombro. Se as avós reclamam dos sumiços e dos não que fazer, não resistem à risada gostosa de Lonô trazendo peixinhos inda se bulindo den'do cesto, gereré carregado de camarão, samburá derramando de todas frutas. Lonô correndo envolta nos chitões coloridos é risada, é alegria. Lonô sabida que só ela — *ê mãe... comeu melancia inteira?* Descobrindo a barriga de Estrela que ninguém não tinha visto. Nas lides, nem mesmo Estrela deu fé que fazia mais de quatro lua que a doença de madre não chegou. — *Corre Mãe, corre Prudença, corre Brianda é vem vê, tô di barriga, tô di minino.* Às vezes os homens passam mais de cinco lua sem voltar. Não venceu nem a primeira lua... Lonô todo dia todo dia à procura de pai que não volta pra tirar minino da barriga de mãe. — *Tumém Estrela... tu dizê essamenina danada qui minino sai di barriga qundo pai chegá? — Inxente mãe, deve di sê no tempo... — Farta tanta lua por passá, essamenina tresvaria inté o dia.* Lonô menos na canoinha, mais na égua Tralalá no rumo do maroceano, olho no longe, esperando saveirão. Na olaria, olho na melancia de mãe. Perguntas e mais perguntas às avós — *minina danada tu vai pescá, tu vai catá mapé, tu vai fazê quarqué istripulia, só di zóio no maroceano na espreitia, na espera esperança do savero o dia num chega nunca di nunca.* Ana, ladina. Prudença, prática. Inventam daqui, disfarçam dacolá, Lonô volta às piculas, às pescas, canoadas, cavalgadas. Dentro de um acerto das três: toda véspera de lua cheia aprontam a égua Tralalá mais a égua Égua com as cangalhas e os caçuás: embornal de comidaria, esteiras, uma cabaça de aluá, uma cabacinha de cauim, moringa pra água fresca (não tem quem faça Lonô, que gosta tanto das matas e dos riachos, beber água sem antes deitar a água pra descansar na moringa — ninguém sabe donde ela colheu tal idéia). No amanhecer do dia, forram a barriga bem forrada (comem inhame, batata-doce, bebem leite, comem cuscuz de milho com leite de coco, aipim, beiju, tapioca) e partem. Não vão montadas. Vão de passeio. Lonô dá carreiras, volta e volta e meia, vez de mão dada mais Ana, vez mais Prudença. Monta no cangote de uma, trevessa na cintura de outra, sobe num arvoredo ali, arranca uma fruta no pé acolá, picula mais Xangó, Miroró, Garoupa e Xaréu (os anos passam e sempre há cachorros e cadelas Xangó, Miroró, Garoupa e Xaréu, morrem uns nascem outros tantos), jandaia Corocota assenta sobrevoa, sobrevoa assenta em algaravia sem igual. Seguem a trilha bordeando o mangue. Na hora do sol quente do cocuruto do céu, pousam num sombreado de beira de riachinho, fazem comilança, jibóiam até o sol amainar. Antes do cair da tarde estão na deságua do Rio das Pedras na praia da costa do maroceano. Ana Brasila e Prudença, como de costume, banham-se uma à outra em alisares de derecum enquanto Lonô cata gravetos para a fogueira embrenhando-se pelo mato mais Xangó, Miroró, Garoupa e Xaréu até ouvir, como de costume também, o assovio das avós a lhe chamar — tem sido sempre assim o banho de todos reunidos, é hora de conversê de brincar, porém antes do assovio das velhas não se achega ninguém, a hora é delas, do carinho, do gozo. Aprontam as comidas, as esteiras. As éguas pastando por ali. Sentam as três olhando para as bandas que o saveirão vai chegar. Os quatro cachorros em posição de sentido sentados ao lado. Até o sono chegar, a lua enorme lááá no alto aluminando tudo.

No amanhecer da quarta viagem de lua cheia, na praia: Xaréu late correndo em círculos, Lonô acorda de pulo espia o maroceano, igual que nem Xaréu, corre em círculos e cambalhotas, aos gritos — *acorda vó Dença, acorda Voana, acorda Tralalá, acorda Égua, acorda Corocota, olha, espia o maroceano, é vem saveirão de pai!* Os cachorros dão corridas até o mar nadam um tanto, pulam pela areia, latem, rosnam (não há quem faça o mulherio entrar na água salgada). Elas sabem que até o saveirão ancorar só quando o sol subir pro cocuruto do céu. Prudença e Ana partem montadas na égua Égua carregando as alvíssaras na matula da cachola. Lonô sentada na praia, olho no saveirão que vem chegando.

Bastião Cavalo montado na carranca da proa em vez da praia branca brilhante lisa cheia de brisa nas ramagens (apenas) avista viventes em rebuliços na areia. Alimárias, será? Apura bem os olhos. Chama pai, chama Frutuoso. O vento pega de jeito arrufa as velas, saveiro embica numa corrente segue mais ligeiro de que sempre. Muito ligeiro mesmo. Dá pra distinguir o saimento de Lonô nuela balançando seu chitão amarrado numa varapau. Tudo se passa em carreira tão carreirosa que os homens por pouco não se atrapalham no arriar da vela, no descer o pedrão de ancorar. Xangó, Miroró, Garoupa e Xaréu nadando até o saveirão, Corocota pousando na carranca, Lonô esquecida do medo da água salgada nadando atrás dos cachorros engolindo a *merdalha de água mais ruim de muito sal* vai gritando — *corre povo corre corre pra Lagoinha que tem menino na barriga de melancia de mãe diz que somente só sai ni qui pai apear.*

Frutuoso montado na égua Tralalá, Lonô na garupa agarrada na cintura dele. Tralalá em galope como nunca se viu por aquelas bandas da Lagoinha. Que aqui tudo é na mais santa calma. Que aqui nunca se teve pressa de nada. Tudo aqui se resolve a tempo e a contento.

No apear debaixo do pé de iroco já ouvem o chororô de menino nascido. Adentrando na palhoça, no abraço de Brianda, já escutam o suspiro de Estrela — *ai qui dô maj'isquicida*... Aprochegam no quartinho tirado de tudo, nem catre, nem tamborete. Escurecido. Um fifó dependurado na cruzeta da cobertura das palhas alumeia de pouco pra não assustar a pequenina. As bacias e panos já se foram, o chão barrido, somente esteira no centro. Uma moringa d'água de lado. Acocoradas em derredor, Voana carrega a bitelona trigueira de carapinha engriziada. Prudença estende os braços pega a bitela e mansamente a deita por cima da barriga de Estrela. Lonô paralisada! De Frutuoso, só se vê os dentes brilhando em sorriso maior. Lonô vai se achegando, acocorando, esgueirando, se põe estiradinha garradinha na mãe, cabeça aninhada no sovaco de Estrela, mão alisa alisando... da carapinha da menina pra barriga de mãe... da barriga de mãe pra carapinha da menina... — *eita menina Esperança.*

Depois do mangue, na enseada da maré: arrecifes de coral defendem a barra. Porto natural. Zóio Verde e Frutuoso donos de saveirão. Na Costa: novas famílias (um não-se-acabar de pai, de mãe, de filhos e filhas, avós, menino taludo e mais menino que faz menino: molecões — mais de trinta braços de trabalho fora as bocas só de comer) vindas das vilas do norte assentaram morada na costa ao adiante do povo da Lagoinha; ao adiante das matas e rios e praias onde vive e labora a gente de Prudença Angola e Ana Brasila; ao adiante das terras donde vive mais bichos de que gente (bichos de rastejar, de nadar, de correr, de pular, de avoar e cacaquerejar); ao adiante das terras donde florescem e frutificam plantas, árvores, cipós...; ao adiante das terras que o povo achou por bem chamar Jaguarité (por conta de tanta onça que esturra por todas aquelas bandas – que se não se cuida de tomar tento, elas comem os bichinhos de criatório de terreiro). De formas que, como que demarcaram as terras: a morada na beira da Lagoinha. Descendo pro sul até o Riacho do Dendê, no encontro do Rio da Curva Grande, termina aí. Ladeando pra oeste até a pedraria esgarçando com o jaqueiral, termina aí – menos légua que pro lado do sul. Ladeando pra leste a montoeira de riachos e riachinhos, o mangue, até a costa: o maroceano. Subindo pro norte, terras, montanhas, rios, cachoeiras, florestas até perder de vista e de contas de léguas. Deram o nome de Jaguarité do povo da Lagoinha.

Na Costa vai se formando um arruado. As mulheres das três famílias cuidando do de comer, criatório de galinhas – algumas delas na olaria. Menino pequeno nas barras das saias. Meninos grandes mais os homens trabalhando de ganho pra Zóio Verde mais Frutuoso nos embarques, nas viagens, na marinheiragem. Os velhos nas rocinhas, na pescaria e adjutório nas mangas de boi e vacas (foram os velhos que trouxeram as redes de pescar, foram os velhos que junto com a meninada – e com um tanto de dificuldade – trouxeram para o mar as quase aposentadas canoas do povo da Lagoinha, foram os velhos que reuniram o povo todo ensinando a cantoria na puxada da rede da pesca do xaréu, foram os velhos que no batuque trouxeram de volta o cantar e o dançar perdidos por Prudença nas guerras, nas fugas, nas surras — e no cantar de Prudença, Ana Brasila saiu a dançar, pegou do tambor pôs-se a tocar, ritmos se misturaram, e novos cantos foram cantados).

Na olaria, pouco que pouco aos pedidos das vilas do norte, é deixado o fabrico de potes, porrões, quartinhas, aguidás (de pequeno só os caxixis da meninada). Bastião Cavalo, que andou em viagens mais o pai, voltou escolado em tijolos e telhas, tá que tá oleiro bom, melhor de que a mãe Brianda. A olaria reformada ampliada com canoa de acarretar telha, grade de fazer telha e fôrma de fazer tijolo e mais quatro fornos grandes — chaminés disputam altura com palmeiras, coqueiros, dendezeiros... Saveirão viaja cheio de carregamento para as novas casas que vão crescendo as vilas virando cidades. Não tem telha que se iguale às de Bastião Cavalo. Mais ligeiro se faz um carregamento de telhas e tijolos de que loiça, sendo de menos arrebentar e de maior emportança a receber. Mesmo as crianças vão enchendo as fôrmas dos tijolos. Pra Zóio Verde bom fazedor de canoa, fazer carro de boi não foi nada. Reeenque-nhenque lá vão os bois atrelados puxando o carroção, pode mesmo enlamear, lá vai o carregamento vencendo as trilhas da olaria até o maroceano na boca do Rio das Pedras a enseada onde está o saveirão. Em cada viagem, vai um balaio cheio de palha e den'das palhas um vulto de barro feito por Frutuoso. Minino Jisu, ele nunca fez outro que não o presenteado a Zóio Verde. Em cada vila, aldeia, cidade, arruado, fazenda (que os padres estão em toda parte, pior de que jibóia planta parasita entrelaçando nos arvoredos) Frutuoso e Zóio Verde se perdem esquecidos apreciando igreja, capela ou convento, enquanto os molecões descarregam as telhas, tijolos. Pois assim os dois passam o tempo esperando a hora de receber as emportanças (não se achegam a tavernas nem bodegas). Em pedacinhos de papel, Frutuoso vai debuxando enquanto Zóio Verde diz que está a rezar os latinórios aprendidos com os padres (tanto de tanto tempo lá passado) misturando reza com conversê no pé de ouvido de Frutuoso que deixa tudo entrar por uma orelha e sair pela outra bem entretido nos vultos, o debuxo é menos de que o mais que guarda bem guardado na cabeça: volumes, formas) *dominus vobiscum pecatorum mundi apois tu veja Frutuoso, como Menino Jesu só faiz di bom pra nóis: canoinha, canoa té nóis aquiri saverão i emportanças i patacas doiro Mater Dei ora pro nobis o Crucificado toma conta di nóis tumém i nóis di compra di boi aí nos braço di sontontonho é Menino Jesu gratia plenum miserere tudo di idéa qui vem ni minha cabeça di comprá i di vendê Menino Jesu diz no meu drumi.*

Na Lagoinha, Frutuoso modelando nossassenhoras, sontontonhos sem importar nem um pouco com quem é mãe de quem nem quem protege o quê. Frutuoso quer saber é da alegria que sente em ir transformando barro em vulto bonito, quer saber é dos gruguminho mavioso que sente por dentro de si ao ver pronta uma nossassenhora todinha igual mas bem diferente porque ele bota nelas as caras de sua gente, ele bota nos pés delas um boizinho... um coelho... pedras e grotas, pássaros, florquídia, Frutuoso quer saber mesmo é dos gruguminho mavioso que sente igual do jeito de quando se aninha e comete por dentro de Estrela quando se solta de caldo grosso. Fez uma santaluzia de braçada de altura por encomenda de um senhor de engenho que espetou o olho no espinho, teve por perder as vistas e santaluzia o salvou, e mandando chamar Frutuoso o velho entregou-lhe um registro da santa, vindo de Portugal, mais cinco bocetas de tintas coloridas dizendo-lhe — *ó pardo jeitoso, faz-me uma Santa Luzia em barro cozido, vês lá hein? Maior que todas as Virgens que já fizeste, coloca-lhe tintas e estas duas pepitas d'oiro como que sejam os olhos, as coloca aqui, vês* (apontando no registro a bandeja nas mãos da santa) *fazes muita rendada a bandejita, fazes tua marca na peanha da santinha* (Frutuoso no momento mesmo debuxou o que dali por diante marcou todos os santos que modelou).

Do terreiro de casa avista-se do outro lado da Lagoinha a morada de Brianda mais Zóio Verde mais Bastião Cavalo bem no pé da serra donde pessoas nenhuma foi em andada por lá subir. Foi Bastião mais Lonô puxando Esperança pela mão que um dia se embrenharam pelas matas subindo, subindo querendo chegar no topo. De facão capinando espinho, cipó... Metade do dia andado, escuro de tanta árvore enramada só uns buraquinhos de luz de quando em vez, acharam por bem voltar. Esperança choramingando. Seis pés escalavrados. Mesmo o caloso pé de Bastião tão andado de tantas andanças por tudo quanto é banda de Jaguarité. Foi preparada uma "expedição" – pra falar bem de verdade, Bastião desde que viu uma gente da cidade em explicação de expedição, vivia doido para "organizar uma expedição". Organizou. Contratou molecões viventes na costa, preparou um boi de cangalha enchendo caçuás de precisados instrumentos, facões e mantimentos, esteiras, cobertas, barrilzinho de água... encetou a empreitada. Foi passando dia e mais dia, chegando hora de saveirão partir. Brianda no comando da olaria, Lonô num pé e noutro (ninguém deixou ela entrar na empreitada) e nada deles voltar. Numa noitinha caindo, quando se vê é a jandaia Corocota em revolteios de novidades, Xangó, Mироró, Garoupa e Xaréu em latidos e ganidos. Brianda no alpendre a olhar a algaravia do outro lado da Lagoinha, de costas pro pé de serra, nem de nada se apercebeu: é retornada a expedição – *nem num vô contá di nada, só si ispiano pra querditar vosmicê tudo tem di i lá i é di percisão vortá já, apois nóis abre o mato, o mato qué fechá.* Arrelia tamanha, tanto qui-qui-qui e cá-cá-cá mas é quase passado o dia de embarque, as mulheres, se puderem, se quiserem que vão. Os homens não podem subir, é dia de viagem. Os molecões não podem ficar, é dia de viagem. E a olaria, vai parar a olaria? A colheita da mandioca e do milho? Toda gente tem ocupação. As mulheres decidem, cuidam da olaria, da plantação, do gadinho. Se precisado algum adjutório, chamam lá as mulheres da costa. Não vão deixar Lonô do jeito que tá... doidinha de desejo de subir a serra e Bastião mais doido ainda pra levar ela (todo mundo viu o olho dele quando disse *vosmicê tudo tem di i lá*, o *vosmicê tudo* era só mesmo Lonô).

Até porque, explicou bem explicado Bastião: *tá tudo máji fáci, a picada tá aberta, um facão arresorve quarqué cipó qui fechô nóis vai muntado na égua Tralalá a mula véia vai di caçuá carregada máji o di cumê, di bebê, estera di drumi — num chora Esperança, tá fáci di nóis maió i, tu num güenta, adispois tu vai.*

A picada aberta, no trotinho da égua Tralalá, saídos bem de manhãzinha. Quando o sol quentou dividindo o dia no meio Bastião mandou Lonô fechar os olhos foram entrando na capoeira — que isso Bastião não contou, o mais dos dias a expedição ficou no topo derrubando pedaço de mata abrindo capoeira, no meio da capoeira a varapau, amarrada nela o chitão colorido de Lonô balançando na frescata (pessoas nenhuma não viu quando Bastião carregou o chitão, se saiu em expedição a conquistar novas terras, Bastião sabia, era de precisão fincar a bandeira). No abrir, abrir mesmo do olhar, Lonô abestalhou: as árvores, a mata, de jeito que não sabia, debaixo de seu olhar só folha, folha, folhagem de verde de toda maneira, *verdinho, verdoso, madurecido, peco, todos verde qui maginação maginá* descendo, descendo e por depois lááá embaixo... os rios, riachos correndo e mais por depois o mangue e depois de tudo o maroceano sem se acabar nunca mais. Lonô encostou a cabeça no peito de Bastião, lágrimas escorrendo. Bastião sem graça uma — *inxente bem-querê truxe tu ni lugá qui vi di máji mió di bom i tu fica triste bem-querê? — né tristeza não Bastião, coisa boa de coração Bastião, nunca que vi, Bastião, tanta belezura de vez.* Quedados ali, abraçados, sem dar fé do sol quente, abrasador, pois batia uma frescorola tão boa, tão desconhecida... Não sabem o tempo ali parados, agarrados, olho perdido na imensidão. Devagarinho vão andando para um sombreado da mata. Bastião com muita delicadeza assenta Lonô na esteira (às vezes Bastião pensa que Lonô é uma *"bonequinha de biscuí"* das que ele viu na Vilacidade Maior, que o dono da venda não deixou ele encostar um dedo por dizer que era *"frági quarqué sem modos quebrando"*, que o dono da venda não confiou no dizer dele de portar a emportança de adquirir tá prenda justo de presentear Lonô) – *queta qui bonequinha di biscuí* (Lonô arregala os olhos), *vô fazê os aperparo do di cumê té carece di um caniquim di cauim num si acabô-se as belezura qui inda ai di si vê.* Em silêncio acolhedor comem a farofa de carne-seca e umas duas ou três bananas, ela toma um golotinho só do cauim preferindo beber às goladas da água da moringa. Bastião também. De repente a risada gostosa de Lonô, os pulos, a alegria embaixo dos revolteios da jandaia Corocota. De mãos dadas, às carreiras, Bastião guiando, embrenham-se por um caminho de touceiras de samambaias e florquídeas despontando numa cabeceira de água – *Todinha a fervura num panelão!* É água brotando dentre enormes pedras, rolando, correndo, pulando indo se espalhar em lagoa mansaberta, rasa, embeirada de areia branca e fina. Arranca calção, puxa chitão, atiça chapéu, desenrola torço, tudo jogado ao léu, os dois a se espadanchar den'd'água, pulos, gritos, qui-qui-qui e cá-cá-cá que vai esmorecendo, os dois se aprochegando, se unindo, se enroscando, se embolando. Na beirinha beiradinha, costas de corpo den'd'água, barriga ao ar, Bastião brilha lapeado por um facho de sol, Lonô engatinhando mordisca o dedão de Bastião *ói o peixim*, saboreia a batata da perna *ói o camarão*, vai chegando nas virilhas *iiii óia o bananão de Bastião, vou comer essa banana* (ameaçadora) *já tá até descascada: vou co-mer es-sa ba-na-na* (gulosa). Chup-chup se põe de boca no bananão de Bastião. Ploft, o bananão virado num toco duro de pau. Lonô cai sentada assombrada. Bastião senta também. Chuiiifff, o toco duro de pau virado em bananão outra vez. Se aprochegam sentados frente com frente, olho com olho, um perguntando ao outro – sem nada perguntar – o que está se sucedendo. Encostam boca com boca, esfregam nariz em nariz. Braço dum enlaça corpo de outro, perna dum enlaçando derecum de outro. Arfantes se entrelaçam. Se deitam, rolam um em cima outra embaixo, uma em cima outro embaixo e torna retorna de tudo em nham-nham-nham mais que gostoso. Que o bananão virou toco duro de pau outra vez e bem de dele encontrou a grotinha, os dois se juntaram mais ainda, barriga com barriga, subiram e desceram, desceram e subiram, a água debateu-se por em volta, gemeram mais de que nego quando tá de calundu porém gemido bom de arroxear de gostosura. Corocota arrevoou e fez *rááá-rái* em gaitada igualzinha às de Lonô.

Bastião Cavalo e Lonô

Bastião Cavalo (ninguém dizia que andava por aí moleque na idade de quinze anos, todinho um homem perfeito aperfeiçoado, nos saber e nos fazer – no corpo muito grande e forte, já maior de que o pai Zóio Verde) comandando a construção no topo do Morro da Nascente. Os carros de boi carriando pedras da pedraria, tijolos da olaria. O mestre pedreiro Fulgêncio vindo da Vilacidade Maior trazendo os riscos do Sobrado, mais João carpinteiro e mais ferreiro e mais entalhador e pintor e marceneiro fora mais de trinta homem de pegar no pesado de torar alvre na mata té colocar tijolo sobre tijolo, pedra, piaçava na massa, serrar tauba, pregar porta e janela... Bastião quer o Sobrado de Jaguarité pronto antes de se passar nove lua. Ele sabe, desse saber de não aprender nem ensinar, que todo dia todo dia ele tá botando semente de fio em Lonô e desde a premera já pegou, vai vingar. Sentado mais Mestre Fulgêncio, delicado porém seguro, determina no riscado o mais tudo como quer.

O Sobrado com o lardeado maior de frente de onde o sol nasce. Bem no meio mesmo de todo o lardeado do nascente quer uma porta maior de que todas as outras que vai querer (*u'a porta, Mestre, qui nem a porta máji grande lá do convento donde impera sontontonho qui aí nóis entra ni um salão nóis anda máji qui deiz passada té subi trê dregá in frente i demo ni um partamá qui vira pras dereitia in muntos dregá i pras isquerda tudiguá*). No salão da escadaria, ainda embaixo, Bastião quer portas na direita e na esquerda que adentrem no salão da frente e no salão do fundo cada um deles tendo portas e janelas dando pro lado de fora, naturalmente. Por baixo das escadas, arcadas donde se passe pra sala do lado do poente. Para os salões todos ele já tem destino: um será para a selaria dos cavalares. Noutro, cestarias, potes, prateleiras, guardados, ferramentas e no mais um salão que tem, vão dormir as amas de cuidar da meninada, que isso ele também vai querer (*vô tê di prividençá a tale di ama di lête qui os peitim tan piqueno di piquininim di Lonô... tamanhe di limão capáji di num tê lête*). Na parte de cima do Sobrado, quer uma alcova (*ê nome máji bom di munito*, Bastião repetindo gostosamente: *alcova*, sem nem trocar *l* por *r*). Muitos e muitos aposentos, camarinhas — quer um só pros vulto que Frutuoso faiz e pai Zóio Verde se posta em latinório; é aposento pra Frutuoso mais Estrela, é aposento pra Brianda mais Zóio Verde, é camarinha pra Esperança mais outras meninas que vié, é camarinha pra meninos (que os menino ai de chegá). Pra Prudença queria uma camarinha, mais outra deferente pra Ana Brasila diz que na cidade é assim que se veve (*num num num minino bom: nóis sobe máji tu pro tá di Sobrado, nóis num qué catre ni cama di dossé nóis nem num qué u'a rede máji ota rede nóis qué rede u'a pra Prudença maj'eu isquentá*). Bastião quer sala de comer (já tratou o mestre marceneiro-entalhador, quer mesa que assente dez vivente dum lado, dez de outro mais dois em cada ponteira, já mandou derribar pé de jacarandá, quer os tantos pés que tiver de ter a mesa e as travessas de travar, tudo muito de torneado, embolachado, mais as vinte e quatro cadeiras com assento de palhinha e em cada canto do salão quer uma tocheira por demais entalhada que forme anjos e florões e que venha o mestre pintor dourador para as quatro bem acabar). Bastião quer fogão de acender lenha e muitas bocas de cozinhar e muito tacho e muito porrão e moringa e loiça (não loiça de olaria, já encomendou na Vilacidade Maior, loiças de Inglaterra). Bastião quer camarinha para o banho (— *inxente Tião fio, si banhemo ni rio... nascente friviosa bem ali por detrás? Di qui jeitio vai si banhá-se ni lugá qui nem terrero nem num é? — mãe, iscuita: vai vim u'a tina di cabê té dois vivente qui quera, nóis enche di água di barri, na boca do fogão nóis freventa água ni panelão, arria pro cima da ota den'da tina apois mãe, dia di friage ói nóis a banhá bem bom...*). E Bastião quer mais. Até mestre Fulgêncio tem dificuldade de entender. Bastião quer um cagador: *faiz assim Mestre, iscuita: nóis tá qui no arto do morro... tu já arreparô Mestre, qui di arto o qui nóis larga iscorrega? apois: aqui, o chão, tu cava i caminha cavano andano di afora qui nem qui seja um corre di rio* (vai andando, mostrando caminho, riscando o chão) *tá rendo? Cheguemo no pricipiço. Apois: tu faiz cum uns trê parmo di fundura, parmo i mei di largura i é vem tampano tudo — dexano o corre fundo, tendeu num tendeu? — tu tampa di madera, di preda, di tijolo... tu arresorve. Apois: vortemo donde cumecemo o buraco di corre, óia pra riba donde já é passado os ripão do piso do oto pisá. Tu faiz cum tijolo i preda, qui nem qui fosse camarim piquininim, somente só parmo por parmo i sobe té lá in riba. Apois: lá in riba tu faiz um buraco no ripão certo certim pro riba do oco i nóis acocora lá i cagança arria i nóis joga barri d'água i cagança i orina corre tudim pro pricipiço.* Bastião quer o salão da escadaria recoberto de azulejos que nem os que tem no convento, azulejos brancos pintados contando estórias em debuxos cor de anil mas nem na Vilacidade Maior tem fabrico de azulejo assim — diz que os padres traz nas naus de lá da outra banda do maroceano e Bastião imagina um dia atravessar o maroceano para ver como faz (se ele Bastião faz telha e tijolo por que não há de aprender fazer azulejo?) e por enquanto determina que pai providencie na Vilacidade Maior aquilo que os viventes diz *qui faiz letura di iscrita* pra pregar bem de por cima da porta grande da entrada da escadaria

Sobrado de Jaguarité
Povo da Lagoinha – ano de 1740

É vai o Sobrado tomando forma. Alpendre no fundo, porta principal também alpendrada. Portas, janelas em pintura de óleo. Telhado de quatro águas, arrebites nas quinas. É vai barriga de Lonô, par e par mais o Sobrado, tomando forma também: pontuda, mostrando que lá dentro tem menino homem. Quando mestre pedreiro Fulgêncio se arretirava mais João Carpinteiro e todos centes de homens (aprendizes, oficiais, ajudantes): mesas torneadas, cagadoiros, fogões de pedras, camas, cômodas, baús, arcazes tudo pronto arrumado dentro do Sobrado, é vem subindo os carros de boi, trilha acima do Morro da Nascente trazendo trouxas, pertences. Tachos, ferramentas, selaria, comidaria. Na beira da Lagoinha mãe e filha: Estrela e Lonô estenderam suas esteiras, acocoraram ladeadas de Prudença Angola e Ana Brasila na camarinha tirada de tudo, nem catre, nem tamborete. Escurecida. Um fifó dependurado na cruzeta da cobertura das palhas alumia de pouco pra não assustar quem é vem buscando luz. Com coisa de bastante ligeireza, parecença té que nem é o primeiro, igualzim com mãe (parideira de quarto filho), na mesma da mesma horinha mesma vieram ao mundo dois bruguelo trigueirim, cara de um focinho do outro: escurinhos quáji da cô de Prudença c'os cabelo pretim, escurridim qui nem os de Ana Brasila. Nasceu Januaro. Nasceu Lorenço, primeiro filho de Lonô Brasila e Bastião Cavalo. As bacias e panos já se foram, o chão barrido, somente esteiras no centro. Duas moringas d'água de lado. Acocoradas em derredor, Voana e Vó Dença entregam Lorenço a Brianda (seca ficou para ter filhos ganha neto).

Zóio vem pé ante pé, já trazendo de seus guardados aquela seda azul (vinda por um acaso em meio às cestas de carne-do-sertão) e como já fizera com outros meninos, meninas, pede uma cumbuca com água e uma tilisca de sal, manda que todo mundo se chegue perto de seu tamborete grande donde fica os vurto de barro, manda Brianda carregar o bitelão seu neto acabado de nascer, manda Ana Brasila e Prudença carregar o bitelão filho de Frutuoso, coloca a seda azul por em volta do pescoço e tudo igualzinho como vira os padres, batiza

Januaro em nome do Pai, do Menino Jesu e do Espírito Santo. Prudença responde: *Oxalá ai di cuidiá por todos os sempres* e batiza Lorenço em nome do Pai, do Menino Jesu e do Espírito Santo. Prudença responde: *Oxalá ai di cuidiá por todos os sempres.*

Depois do chororô de Esperança quando da primeira subida ao Morro da Nascente, como que ela foi desaparecendo do movimento do povo da Lagoinha. Bastião nas lides das construções do Sobrado (durante o dia) e (durante a noite) nos bem-querer mais Lonô. Essa Lonô então... não ai tempo que chegue pr'ela. Se é capaz de passar uma manhã todinha no topo do Morro da Nascente, sentada tomando fresca cantarolando preciando o vento bater nas foia dos arvoredo e o maroceano rosnando lááá.... Se o trabalho aperta na olaria, ela em casa sempre encontra alguém a quem dar ordens: que se faça tudo de bom de comer, que se carreie pra um e pra outro. Sobe o morro. Se precisão ninguém não tem dela, vai canoar, escuita os passarinhos cantar, corre mais os sagüim de carreira e carreirão mais Xangó, Mirorό, Garoupa e Xaréu com Corocota revorteando gritando *rááá-rái* em gaitada igualzinha às dela mesma Lonô. (Quem havera de ver, dentro de tanta arrelia musturada de afazer, o barrigão de Lonô crescer? Esperança é que não seria.)

Esperança não deu tum ao nascimento de Januaro mais Lorenço. Quanto mais Mãe e mana cuidam dos bruguelo melhor pra Esperança que não é vista, visada. Brianda (mesmo avó de neto, mas nunca esquecida que filha não terá) quer apego mais a menina, catando Esperança amofinada quando atrás das moitas chorando sem ter nem que nas beiradas dos riachinhos. Dia de chuva e trovoada Esperança se achega por ela mesma, corre quanto tiver de correr, ou nada ou cavalga ou rema, té encontrar Brianda. Chega de mansinho, não diz palavra uma, vem alisando os braços da negona, toma-lhe da mão passando no próprio rosto. Brianda a acolhe no regaço canta esquecidas cantigas (pede a seus deuses e seus orixás que chova todo dia para que possa sempre cuidar de menina tão arredia). Ni qui quando a menina pegou de fazer vurto mais o pai, Brianda sentiu pra sempre perdida a Esperança.

Esperança calada, quieta pelos cantos, rastreando se achega na ponta da olaria quando pai Frutuoso senta pra fazer vurto de barro. Ele também cada dia mais calado. Não queria patacas de ouro *praquê patacas Zóio Verde midiga? Pruquê qui ei di querê oro Zóio Verde mi diga? Vai os terém qui aqui si faiz vem o qui é percisado...* as patacas vieram. Na compra do primeiro saveirão (mesmo achando que canoa bastava) Frutuoso teve animação. E veio gente, e aumentou olaria, e industriou-se tudo de tal labor... E comprou-se mais saveirão e vieram Mestres Saveiristas de navegar saveirões... Té que largasse de fazer vurto teve quem quisesse. Nisso aí Frutuoso aperreou. Foi calando, se achegando pro canto da olaria... Viagem? Só de déu em déu pros cuidados dos carregos de seus vurtos. Bastião crescendo bastante sabidório, bom de adjutórios nas mercancias mais Zóio — vão eles, que cuidem de oiros, compras e vendas. Frutuoso calado modelando seus vurtos, Esperança lhe rodeando. Palavra uma não diz um ao outro. Esperança pega de preparar o barro.

Esperança pega de fornar. Em pouco Esperança pega de fazer santo.

A Olaria Premera mirrada pra tanto de encomendas, desativada dos fabricos de telhas e tijolos agora pertence somente para as artes de Frutuoso a fazer vultos especiais de bons. Três ou quatro meninotes modelando de aprendiz, fora Esperança Angola já por demais escolada. De pintar de pintura colorida Frutuoso só pintou mesmo a santaluzia de braçada de altura (por encomenda de um senhor de engenho que espetou o olho no espinho). No canto do primeiro forno somente só Frutuoso é quem trabalha. Zóio Verde (sempre querendo agradar, por demais entristecido sem entender os calundus e aperreios do amigo) fez uma bancada de boa madeira. Da Vilacidade Maior trouxeram pequenos instrumentos (ferramentas finíssimas vindas de Espanha) com que Frutuoso a cada dia borda e reborda as mais lindas imagens (sem deixar de chamá-las *vurtos*, nunca imagem nem santo). De jesuítas, dominicanos, franciscanos das mais grandes vilacidades a fazendeiros de roças muito escondidas atrás de florestas, morros, vales, rios, cachoeiras, todos mandam recados mensageiros aos roteiros dos saveirões. Em cada enseada se sabe quando vem a parada do *Saveirão de Jaguarité*, em portos maiores e menores, rios adentrados, nos recôncavos e nos reconvexos são conhecidos os saveirões do povo da Lagoinha, pintados de vermelho, na proa imensa carranca de cabelos amarelo cor de ouro coroados de penachos multicores. Conhecidos os saveirões, conhecida a qualidade de telhas e tijolos transportados e negociados, sabida a arte e beleza dos santos (talvez por intermédio da gente que viaja nos saveirões — talvez possa ser de conseguir algum). Porém as terras de Jaguarité ninguém sabe pra que banda se situa. Se para cima ou para baixo ou se do outro lado do maroceano, se muito dentro das matas se bem perto de uma costa. Com os recados seguem estampas de Portugal, debuxos de Holanda e França, Espanha. A nenhum Frutuoso copia. Reinventa: Santo Antônio, São Bento, Santa Escolástica, São Benedito, Santo Amaro, Nossas Senhoras para toda devoção e qualquer gosto. A fila de espera é grande, todos santos de altar (para igrejas, conventos, capelas): braçada, braçada e meia de altura. Para cada um vulto destes, é mês a mês e meio de fatura (teve um São Francisco, maior que molecote taludo, apregado de tudo quanto foi passarinho, por cima de ombros, mãos e cabeça, arara periquito papagaio jandaia, bem-te-vi beija-flor rolinha, fora cinco tipo de sagüim sobraçados pelo mais imponente bugio de cabeleira dourada e mais os bichos por em torno na peanha: onça jaguarité, gato-do-mato, quati, raposa, tamanduá, que esse demorou foi quatro mês na fatura). Para quem deseja santos menores, Esperança a tudo controla. Os meninotes da costa, obedientes, vão cumprindo sua orientação. Negras nossassenhoras, índios sontontonhos ou negros sontontonhos e índias nossassenhoras, são estes os de maior saída. Esperança calada, de cada estampa que chega ela guarda na memória cada santo quem é, como se veste, o que leva ou carrega, abraça. Vai determinando, a um menino: *Tu faiz Santa Brabra: as rodelas di bracelete, no pescoço por envorta tu aprega as conchinhas miudinhas faiz o colá, na cabeça a coroa escorrendo da coroa os cabelo no cume da coroa a pedrinha qui bria, na peanha assim di banda da santa a torre na ota banda o castiçá. Do pé da peanha té o cume da coroa um parmo di artura. Tu faiz u'a i dispois ota máji grande, tu num faiz tudim iguá não, na ota tu bota o castiçá na mão di Santa Brabra.* Ao outro: *Tu faiz San Juan do carnero, faiz a peanha crescida cum flô in derredor, o carnero felpudim... San Juan in pé c'as perna aberta, a veste é qui nem qui seja o couro di onça qundo nóis escarpela ela.* E ainda mais um: *Tu faiz San José andano di mão dada máji Minino Jisu ni peanha bolachuda um i oto di veste di mandu nas costa do santo arreado di cordoada o chapé grande. Iscuita minino tudo, no di fazê as cara, chama eu. Vixe tanto minino traquina num sabe nunca di nunca as figura dos santo. Num já dixe qui sontonofre é di veste di cabelo cumprido i qui tem cabaça i tem concha... I num já dixe qui Nossassenhora do Morro da Nascente eu qui faiz somente eu...* Ela não permite senhor ninguém fazer a Nossa Senhora do Morro da Nascente inventada por gosto de inventar: modela o morro no barro agregado de pedras de seixo, a nascente no topo e a partir daí o rebaixo do leito do rio que vai descendo por em torno do morro, entre pedras e conchas engastadas, junto da nascente ergue-se majestosa a Nossa Senhora em vestes encastoadas de pequeninos seixos brilhantes, longos cabelos a emendar-se com as águas do rio, por todo o morro faz orifícios com os devidos gravetos enforquilhados que usará depois da santa cozida (cozerá também pequenas folhas e frutos que formarão as árvores). Exigente, Esperança encomenda tintas especialíssimas que Bastião traz de suas viagens e com elas arremata as verdes matas, os trajes azuis/roxos e mantos vermelhos, os rios muito azuis, frutos de todas as cores, bichos, pássaros, sem nunca descuidar do muito ouro (vindo em finíssimas folhas) pregadas com a mais fina goma de carimã em toda a roupagem formando florões como que brotados dos azuis, roxos e vermelhos – e ela nem sabe o que se espalhou pelas vilas, cidades, roças, fazendas: a Nossa Senhora do Morro da Nascente é uma Nossa Senhora milagreira feita pela tal de Esperança Santeira useira e vezeira de conversar mais a Virgem que à Esperança aparece assim: como Esperança depois lhe põe no barro.

A olaria nova, Bastião Cavalo construiu entre o mangue e a costa (mais pra costa de que pro mangue – *máji fáci trazê barro mole di máji longe di qui levá teia i tijolo pr'embarque in munta distança*). Chaminé de muita largura e muita, muita altura (de alto-mar já se vê) a soprar fumaça do raiar do dia té tudo escurecer. Sem nunca descuidar das placas, encomendou e pregou na porteira:

Olaria Jaguarité

Encomendou também uma forminha que repetiu em todas canoas de acarretar telha de maneiras que todas telhas saíam marcadas: JAGUARITÉ. O tino construtivo de Bastião, mais a força de negociante de pai Zóio Verde mais o saber dos barros e cozimentos de mãe Brianda (sem esquecer sábios conselhos de Ana Brasila), cria uma verdadeira indústria. Mestres e contramestres (contratados a bons soldos). Operários (bem pagos, com direito a roçados demarcados para o viver das famílias).

Os Mestres Saveiristas não têm direito de transportar passageiro é regra de Zóio Verde, só ele tem sapiência de escolha da gente a quem dar guarida embarque e conhecimento das bandas de Jaguarité. Já o saveirão de nome *Mor* comandado por Zóio Verde, sabe-se à boca pequena, nas vilacidades por onde passa, que "afogados" na rota são salvos (Zóio e Brianda de nunca esquecidos de feitores e senhores recebem escravos fugidos, ditos por eles afogados). Os forros embarcam diretamente. Porém mesmo com toda sapiência da escolha primeira de Zóio, chegadiços na enseada da maré esperam o Positivo que corre a avisar Brianda. Nunca menos de dez (entre "afogados" e alforriados) a desembarcar. Brianda a postos no telheiro que mandou levantar nas bordas da praia recebe de um em um (depois de alimentados). Proseia como quem não quer nada. Acerta o soldo, os serviços (marceneiros, roçadores, pescadores, barreiros, pedreiros, amas, cozinheiras, mestres de dendê e de piaçava...), os pedaços de terra de plantar e de morar, a casinhola a construir, se tem família a buscar (afogarão também? ou ficam de espera pela compra da alforria?). Brianda danada enxerga por fora e por dentro de cada qual, se não aprova despacha para viver de per si na Costa-Abaixo, nova vila que se forma com arruados, casas de porta e janela, quintais.

No raiar de cada dia Ana Brasila mais Prudença cuidam do pouco que se deixa pra elas cuidarem: passar olho nos pequenos, espiar as amas, se tudo está limpo; muito pouco pro tanto que elas acostumaram trabalhar desde pequeninas. O Sobrado tem mais amas e pajens de que viventes donatários (té minino e minina que Bastião queria muitos, têm chegado de pouco em pouco, muitos anos se passando de um a mais um outro). As véia num custumaro nunca di nunca cum tale di mesa torneada, assentá ni cadera di palhinha (quando sentam, é para fazer vontade de Bastião, para ver risada gostosa de Lonô, sentada na cabeceira, comandando parentela e criadagem, uma rainha! em longas vestes brancas rendadas, muitos colares de ouro, pulseiras braceletes de esmeralda e diamante). Di seguida aperparam os emborná di comidaria nos caçuá, amunta na mula morro abaixo té o mangue no rumo da Olaria Premera donde derde qui sol raiou laboram Frutuoso e Esperança, arreiam lá as matula, dexa a mula comeno capim i vai as mulé se banhá no riachim bom. Pertim di sol chegá ni cocuruto do céu vem Frutuoso mais Esperança ajuntá mais Mãe e Mãe no banhá (alegria é sem igual nas poucas vezes que Estrela vem ao banho) adispois os quatro se assentam nos tamborete da mesa de tabuado na comilança de aipim cozido bem amassado em pirão com um tanto de dendê e um tantinho de leite de coco entremeado de bons e grandes camarões de Ana Brasila, noutro dia é pitu escaldado companhado de pirão de farinha de mandioca mais o caldo do pitu e mais o azeite-de-dendê com muita pimenta de Prudença, e noutro é mantinha de carne de porco curada em fumeiro, farofa de bolão tremeada de folhas de cheiro. Lonô que desde menina só bebe água de moringa, vivente que é no Sobrado, só banha-se em tina cheia de água quente: as amas esquentando mais água e completando... completando... adispois lhe penteando as madeixas, lhe fazendo cafuné – banho na nascente? Nunca mais! Cagá no mato? Nem pensar! Chamego mais Bastião? Apenasmente em cama de dossel. Comida cozinhada em panela de barro? Quem é doidio de? Caçarolas, tachos, panelões, chaleiras... tudo de estanho ou ferro. Na mesa? Serviços de louças de Inglaterra, faianças de França, talheres de prata de Espanha (à custa da mortandade mexicana). Amas na cozinha, pajens pra lá e pra cá portando bandejas de prata, licoreiras e cálices de cristal (da Boêmia!), vinhos de toda a Europa (as velhas: *ai qui sodade do aluá...*). Lonô toda gargalhadas a farfalhar em suas andanças pelo Sobrado, dando ordens e mais ordens, poucas de serventia (e ai de quem não as cumpra!). E ai de quando Lonô se sente desobedecida... é cada faniquito... chiliques e sipitucas.

Quando está pra chegar a segunda filha de Lonô e Bastião, dez anos se passaram do nascimento de Lorenço (que com Januaro vive em convento na Vilacidade Maior nos estudos de sapiência de leitura e de escrita). Lorenço em Jaguarité (em passeio de dia santificado que os padres mandam os meninos ver a família) bem letrado de latinórios e santidades, ao divisar o barrigão: — *ó Mãe, estás de barriga avantajada, será que de algum mal padeces? Na cidade temos físicos e cirurgiões, é de precisão vosmicê ir no retorno do saveiro.* Ao que Januaro (tão letrado quanto, porém ativo e atento à vida fora do convento, já aos dez anos de idade pulando as cercas à procura das marafonas) puxa-lhe a batina — *não sabes de que se trata, ó peralta? Minha mana Lonô há de botar mais uma criança no mundo!* Lorenço: — *ó Mãe, o caso é outro, vais me dar uma irmãzita? Eis então que lhe nasce uma segunda filha?* Lonô quase se urina de tanto rir a cada falar do filho, do irmão.

Mas ao nascer a Segunda (assim ficou chamada a menina, que nasceu de corpo mirrado, cabeça avantajada e grandes olhos inchados — sapocados), Lorenço e Januaro já embarcaram na travessia do maroceano. Mais por Lorenço é que se dá a viagem. Bastião Cavalo por sempre desejoso de em Portugal aprender as artes d'azulejaria (chega se estonteia ao ver um azulejo estampilhado, paisagens azul de cobalto) porém por demais apertado nas vendas, nas indústrias de tijolos e telhas, terras, gado, plantações, construções, suas muitas e várias mercancias... nunca que chega o dia de tudo poder largar e o mar atravessar, pois que faz todos os empenhos em despachar o menino (a avó Estrela ruminando, *ai qu'essemenino num vorta...*). Mais dinheiros e patacas Bastião Cavalo tivesse, talvez a facilidade de tão cedo partir não houvesse, não fora o interesse dos padres — têm certeza do bispado futuro de Lorenço, quem sabe até cardinalato, porém de modo algum realizará os sonhos do senhor Sebastião (à custa do muito ouro nas mãos dos padres, em suas bocas o negro Bastião tornou-se *senhor* e além de senhor, *Sebastião*) é certeza certeira o orador sacro que será o Lorenço, não qualquer padreco de qualquer paróquia titica, não Senhor!, será um Doutor da Igreja. Logo se vê que o menino Lorenço jamais terá caminho outro que não o de ler, estudar, escrever, discursar. *Já Januaro... não vos preocupeis vosmicês.* Bastião carrancudo, impaciente dando mostras de não querer escutar (não gostava dessa conversa dos padres de despachar o irmão da mulher em viagem tão dispendiosa, pensando sempre ser influências de Estrela a ruminar *Lorenço num vorta...*) *Escutai Senhor Sebastião...* também sobre o menino Januaro havia certeza certeira, mais do que a pouca escrita até então aprendida... não aprenderia. Leitura, somente aquela, necessária, primeira, leitura de poucas linhas (Bastião a pensar *entonces pruquê dispendiá no istrupício?*) porém nas contas... na aritmética, será doutor se quiser. Mas bem se vê, não será, não gosta de estudar. Utilizará suas contas (diz o padre — falsamente —: *que Deus me perdoe*) para o lucro nas mercancias (Bastião, com esta boa nova, volta a se interessar) e mais, sua chegada à Portugal será a vontade de vosmicê para o filho, o desejo de vosmicê para o menino Lorenço. Porque Lorenço, como dito já foi, continua os estudos do Seminário... Januaro não, mais que contas o menino Januaro é ajeitado e jeitoso para os debuxos, as químicas, as artes das argilas e barros. Voltará como vosmicê deseja, um azulejista perfeito.

Outros dez anos se passaram desde a partida de Januaro e Lorenço. Nesse em tempo Bastião Cavalo mandou calcetar de pedras cabeça-de-negro a estrada descedoura do Morro da Nascente até a Olaria Jaguarité (quis fazer o desvio pela Olaria Premera, Frutuoso não permitiu). Trouxe todas as peças: rodas, capota, vidros, lanternas, cortinas e até buzina... (arreios para os dois pares de cavalares) e Zóio Verde armou a carruagem (na carruagem, de mês em mês Lonô desce pra visitar as olarias) — nunca ninguém conseguiu que Ana Brasila e Prudença Angola entrassem na carruagem. Os padres deixaram de dar notícias dos meninos (as cartas chegavam eles entregavam mas não liam) desde que Frutuoso não permitiu de jeito nem qualidade a construção de uma igreja em Jaguarité. Não adiantou Zóio Verde pedir, implorar — *num intendo amigo Frutuoso... tu qui faiz as máji munitas images qui ai por todo o reino, fazê igreja é gradecimento dos padre Frutuoso — inxente Zóio Verde tu sisqueceu-se di tu mermo minino? Tu sisqueceu-se di qui contô tanta marvadez di padre cum tu? — Frutuoso... Frutuoso... tu tá oto Frutuoso, num foi os padre d'agora — num quero Zóio, num quero, já pidi, tu mi faiz vontade pruquê tanta i tanta cobiça tua i desvontade di eu já fiz, tu num trai padre um in Jaguarité, num gosto, num quero, tá cabado i tem ota cosa, num faço images, faço vurtos, tá cabado i tem ota cosa tumém, si mi purrinhare, num faço máji vurto um.* Estrela pegou de ficar mais tempo na Olaria Premera cuidando da tristeza de Frutuoso (que parava com os vultos e ficava horas esquecido olhando os *papé*... as lágrimas escorrendo, olho parado mirando Estrela, *tu nunciou qui minino di Lonô num vortava i minino qui fiz in tu, cadê? Qui diz esse papé?* Cada noite no Sobrado de Jaguarité, mais sofrimento. Esperança de acerto mais Estrela foi a Costa-Abaixo, contratou um Mestre, consertou a casa do pé de iroco na beira da Lagoinha, desceram ela, o pai, a mãe, as avós. Não adiantou implorações nem imprecações de Lonô, só subiam ao Sobrado de quando em quando, a passeio (pra de todo não abandonar a sempre menina Lonô). Depois da mudança feita, Esperança se apresentou a Bastião — *tu mi leva na Vilacidade, diz qui lá tem professô, tu mi leva i manda minsiná letura — donde já si viu nigrinha safada, mulé... nigrinha... prendê lê? — num vi, num seio... quero pruque quero prendê letura! — nigrinha nem num sabe falá... rá-rá-rá* (Bastião às gargalhadas, bem grosseiro, Lonô toma tenção aparece como que do nada trazendo silêncio ao salão do Sobrado de Jaguarité, na próxima viagem Esperança embarcou).

Estrela e Frutuoso sem saber da existência de "férias" dão férias aos moleques ajudantes da Olaria Premera diz que só voltem quando Esperança chegar. Por em volta de seus quarentanos tinham de repente ficado velhos. Mãe e Mãe nas azáfamas da casa provendo o de comer cuidando do de limpar, Frutuoso e Estrela alojados na beira da Lagoinha, do mesmo jeito que envelheceram ameninaram de novo. Pegaram de passear de mão dada, descendo pras cachoeirinhas das redondela do rio, embornal de comidas feitas por Prudença, cabacinhas de aluá preparado por Ana Brasila é vão os dois noite adentro. Jiboiando de barriga pra cima den'do escuro, ventinho manso, rio correndo no silêncio da mata. Menino e menina (de novo), escoradinhos um no outro esquenta esquentando da friagem boa que arrupia. Frutuoso em alisares e espeares pelo corpo de Estrela — mais jeitoso de qui quando pega de massar barro, dedos futucando de leeeeve os buraquinhos da cabeça, mãos passeando alisando os montes dos peitos, descendo ao monte do riacho de entre as pernas. Estrela suspirando nham-nham-nham, mãozinha desde os cabelos da cabeça de Frutuoso até encontrar os cabelos lá de baixo rodeando pingulim que nem graveto durim que já é vem em percura da rodelinha. Os dois um só. Nham-nham-nham de não se acabar. Boca com boca, lambidinhas boas. Mina-me-name um comendo a lingüinha do outro. Gostosura. Grita silêncio da mata. Rola água do rio. Tudo é paz.

Nesse em tempo dos dez anos passados da partida de Januaro e Lorenço sucedeu-se tumém — além de leitura e escrita de Esperança — qui Segunda nunca de nunca prendeu de andar. Corpo sempre miudinho, a cabeçorra de quase não se agüentar-se, andando de quatro, ria...

ria... grunhia mais Garoupa, Xaréu, Xangó e Miroró corrupiando nos salões do Sobrado. Se se obrava, a ama logo limpava, banhava. Sempre cuidada, sequinha, porém nada além de que Garoupa, Xaréu, Xangó e Miroró. Lonô só parava suas risadas gargalhadas ao preciar aquela filha rastando que nem cobra pelo chão. E nada de pegar barriga... daí que um dia decretou — *Bastião tu fica mais eu, não vai mercanciar, viajar, não vai nada, desde doença da madre d'agora té tempo de chegar próchima doença da madre fiquemo den'd'alcova.* Assim disse, assim fez. As amas pegando os penicos na porta da alcova, trazendo as tinas do banho, as comidas... Um mês passaram trancados na alcova, ninguém sabe quantas vezes cada dia os dois se trançavam, lambuzavam porém muito nhem-nhem-nhem nham-nham-nham ecoou pelo Sobrado, pela mata. Certo é que no meado do em tempo dos dez anos passados nasceu a bem indiada de cara a batizada Bastiana Brasila. Porém esta, batizada de mesmo, que Bastião não permitiu aqueles batismos arrevesados feitos pelo pai Zóio Verde. Preparou-se o *Saveiro Novo* (assim dizia o esculpido na proa) que Bastião mandou construir, este pintado de azul pra diferençar dos saveiros de mercancias, *pruquê* dizia Bastião *Savero Novo é da famia navegá.* Apois, pra fazer vontade té Ana Brasila e Prudença Angola se engalanaram, embarcaram. Té mesmo Frutuoso... *da famia, só ficou in Jaguarité a Segunda, tumém essa tadinha... é máji da famia di Garoupa, Xaréu, Xangó i Miroró* assim falou Bastião. O desembarque na Vilacidade Maior foi um deus-nos-acuda, o povinho no cais tudo de queixo caído com tanto luxo tanta riqueza (de antes, chegou o Pajem-Chefe que alugou carruagens, caleças e landaus, as mais ricas e enfeitadas):

Desembarcou na frente:

Pajem Negro Alto Corpudo

Em Trajes De Cetim Verde

seguido de

Bastião Cavalo

(suando mais do que o não-sei-que-diga)
Em Calções De Cetim Listrado, Meias de Seda,
Peruca Branca, Sapato de Fivela de Prata
dado o braço mais

Lonô

Calçada Em Chinela Trançada de Fios D'ouro
De Saltinho, Vestido Muito Longo E Rodado De
Veludo Vermelho Rendilhado Em Torno Do Pescoço
Ornada Pesada De Jóias De Não Se Acabar
(quem suava mais de que quem
não se sabia – mesmo tendo

Um Pajem De Cada Lado

A Bem Abanar Abanos De Penas Brancas
E Cada Qual Com Seu Próprio Abanico
A Farfalhar Em Mãos Enluvadas).

Em seguida

Quatro Moleções
(Um Preto, Um Branco, Um Índio e Um Sarará)

Cada Qual Sustentando Vara Encastoada
De Prata A Portar Baldaquino De Seda Azul

e embaixo do pálio

A Ama Gorda De Bons Peitos

Vestida Em Saia Rodada Branca Por Sobre
Sete Anáguas, Bata De Renda De Bilro,
Pano Da Costa No Ombro,
carregando a infanta

Bastiana Brasila

Seguidas de

Zóio Verde mais Brianda

(Também Em Vestes Calorentas Vindas Dazoropas)
E dado um tempo desembarcam,
Muito Bem Trajados Em Linho Branco,
As Mulheres Em Batas Decotadas:

Prudença Angola mais Ana Brasila
Estrela de Ana Brasila mais Frutuoso Angola

(Largas Calças, Bata Sem Golas E Largas Mangas)

Esperança Angola

(e ninguém do povinho não sabe
ser esta a Esperança Santeira)

Alguns poucos criados – uns dez, finando por um especial que traz um balaio forrado de seda, recheado de palhas de bananeira embalando o penico de louça inglesa (assim como em menina Lonô só bebia água de moringa, adulta só urina e obra em bispote de sua propriedade).

Desembarcados do *Saveiro Novo*, embarcam nas carruagens, caleças, landaus no rumo do Convento dos padres no alto da Cidade (nesse dia não teve jeito, as velhas embarcaram pra não fazer Lonô passar vergonha de ver as duas indo de pé). Na hora do batismo mesmo, o padre: *eu te batizo Maria Bastiana*, ouviu-se um pigarro saído de Frutuoso ao que o padre pigarreou também e emendou: *eu te batizo Bastiana Brasila em nome do Pai, do Filho e do Espírito Santo*. Embora depois, aos cochichos, reclamasse a Bastião do precisado nome da Virgem antecedendo esse nome de metade, por menos que fosse batizasse a menina Sebastiana, mas o que se houvera de fazer, ai que respeitar-se o avô da criança até porque qualquer dá lá que desgoste Frutuoso ele ameaça de não fazer (e proibir Esperança de fazer) *santo quarqué qui si quera*.

Nesse em tempo dos dez anos passados da partida de Januaro e Lorenço sucedeu-se tumém que com a leitura de Esperança deu-se que veio de conhecer a enganosidade dos padres (não queriam que se soubesse da deserção de Lorenço). Tudo potoca lorota a má querença por farta de Frutuoso torizar construção d'igreja. Pruquê os padre inganoso tumém foram tudo inganado, nunca di nunca subero das leitura de Esperança qui viu nos papé já chegado e nos que continuaro chegá todas estora de Januaro e Lorenço. De primeiro, vinha carta de um e de outro (as de Januaro era fácil de entender, porém as de Lorenço... tanto palavrório que nunca se ouviu quase nada adiantava o saber de leitura de Esperança). A persistência de Esperança é desmedida, sem descuidar das ordens dos meninotes aprendizes e das faturas dos santos, passa horas e mais horas agarrada às cartas, até o olho doer a cabeça ferver mas vai destrinchando. De noite, no terreiro na beira da Lagoinha, Prudença mais Ana Brasila numa rede, Frutuoso mais Estrela ni outra, Xangó, Xaréu, Garoupa e Mironó (não os do Sobrado, os da Lagoinha) por ali deitados, roncando e peidando, Esperança (no luxo que se dá, recostada na preguiçosa de jacarandá e palhinha que trocou por uma enorme Nossa Senhora do Morro da Nascente, aliás a última que fez, agora apenasmente faz Nossa Senhora da Lagoinha que paira num lago azul vestida de rendas brancas, gordo rosto de beiços carnudos encimados por amplas narinas, olhos repuxados, cabelos cacheados negros; Menino Jesu no colo, ou a Virgem representada ladeando um pé de iroco), de pernas em cima dum tamborete, proseia, vai contando das cartas. *Lorenço iscreve munta cosa qui num intendo... maj'eu seio do poco quintendi qu'ele num qué i pras banda qui padre qué, Lorenço amancebô máji u'a mulé di beiço cô di carmim.* Os cinco entram num falarite sem fim, chega os cachorros se assustar. Como é que faz, conta não conta a Lonô mais Bastião, carta de Lorenço há muito não vem mais, cada carta de Januaro a preocupação pelo sumiço do sobrinho, pior de que sumir foi o antes, por primeiro disse as piores atrocidades no sermão e ao ser reclamado deu porrada no prior que este nem aqueles sabiam até então do tudo que Januaro intuía, via, e sabia de saber relatado pelo próprio Lorenço no querer magoar o tio: que meteu seu membro desonesto no vaso traseiro de tudo quanto foi noviço, amancebou-se com a cozinheira, cuspiu no vinho consagrado largou a cozinheira amancebou-se com o capelão da infantaria e mais coisas e loisas terríveis, fora se embriagar nas tavernas, viveu dez dias e dez noites com chineses nos porões do Cais da Ribeira morgando ópio até que melhor foi, partiu para as terras de Paris. Se conta tudo tintintim por tintintim é capaz de Bastião ter uma coisa pior de que calundu, alguma doença braba é capaz que ele tenha. É capaz de fazer pouco do povo da Lagoinha, dizer que Esperança não aprendeu ler coisa nenhuma, de ser tudo invencionice. *Entonces*, decidiram, *diz qui o estudo di letura foi poco, mió esperá o dia qui ai di chegá os minino* bem sabendo que chegará somente Januaro, mas pelo tempo que é passado e ainda há de passar, chegará homem, dará testa em Bastião. Por demais, segundo as cartas tudo parece ser que chegará Mestre d'Azulejos de tudo sabendo vidrar, esmaltar... Bastião depois da primeira raiva haverá de amansar. Demais, *diz qui tá di novo encafuado n'alcova máji Lonô burricida qui tá di cinco ano passado di nascimento di Bastiana, doidia di quereno ota minina* (Bastião querendo menino).

Justo no completar dez anos da partida de Lorenço e Januaro, Bastiana falante como uma danada correndo por todo o Sobrado aos cinco anos de idade, Segunda nos grunhidos e engatinho, Lonô tá na hora de botar mais menino no mundo. Bastião dispensou adjutório de Ana Brasila mais Prudença, trouxe três parteiras para aparar o filho (quer porque quer filho homem, anda bastante desiludido quanto ao retorno de Lorenço, sempre ouvindo den'da cabeça umas estórias de quando era menino, chega mesmo enxergar a si mesmo agarrado na barriga da mãe vendo as labaredas querendo tudo levar e depois escuta voz de Estrela ***Seio qui di dento vai saí mi-***

nina. Vai saí minina boa sem sangue ruim di home qui feiz tu sem sangue ruim di home qui feiz eu. (E como que gritando dentro de sua cabeça.) ***Eu seio qui toda mulé fia di fia das fia qui eu i tu vai tê, cada fia por premero vai tê um fio home pra purá os sangue ruim i o fio home vai simbora por todo sempres carregano os sangue ruim.*** Apois, justo quando tá nascendo mais uma menina, não o menino desejado por Bastião – ele, Bastião, sente um tremor na cabeça fervendo seu pensar... ***fio home pra purá sangue ruim... barriga di Brianda tumém si vai simbora... fio home vai simbora... simbora... bom ruim ruim bom simbora fio home fia mulé...*** ele, Bastião, sente um esvaecimento, cai prostrado, enxerga o próprio corpo por dentro sendo corrido e recorrido por rios de águas densas vermelhas, rios mansos vão descendo para os pés que vão crescendo (igual quando, menino, enchia de ar bexigas de bichos matados destrinçados) até o tamanho, cada qual, de sua própria cabeça e aquela água vermelha borbulhando lá dentro e Bastião enxerga seu desfalecido corpo jogado ao alto como por cima das grandes ondas tempestuosas do maroceano e sente estatelar-se no chão de barriga para cima voltando a enxergar dentro do próprio corpo os rios de águas densas vermelhas, rios caudalosos em revolteios a esvaziar os pés subindo às pernas em corredeiras corrupios cachoeiras e correntezas bravias atravessando virilhas espalham-se pela barriga tronco pululam aos braços jorram pelos sete buracos da cabeça: sai riacho vermelho por uma narina entra por um ouvido sai caudaloso pela boca entra por outro ouvido sai na narina retorna pela boca e Bastião estrebucha soltando um guincho estarrecedor. Justo quando se completa dez anos da partida dos meninos, justo quando a menina dá seu primeiro grito e Bastião guincha e se estrebucha, desembarca na enseada da maré (descumprindo ordens de Bastião, o Mestre Saveirista comandante do saveirão Cinco aceitou trazer passageiro, pois Mestre Saveirista, menino que foi criado nas bordas da olaria, reconheceu o "filho padre" de Frutuoso mesmo sendo agora homem feito e não mais metido em batinas) o belo Januaro.

Dez anos passados, a Januaro nem parece. Pisa firme os caminhos como se ontem os tivesse pisado no sentido inverso. Subindo a estrada calcetada, passa batido pela Olaria Jaguarité, pega o caminho de barro no rumo da Olaria Premera. As véia num canto, macambúzias... (por preteridas do parto de Lonô). Esperança, um olho na própria escultura outro nos aprendizes. Frutuoso completamente entertido em mais um São Francisco rodeado de bichos. Pé ante pé Januaro chegou, ninguém viu a chegada. Postado ficou querendo imaginar tudo que tudo passou durante os dez anos que se passaram (pois os padres há muito deixaram de mandar qualquer linha, qualquer notícia — o pouco de escrita que Esperança aprendeu não podia mandar cartas pra poder continuar recebendo os papé que os padres julgavam ninguém podia ler). Quieeeeto... viu Vó e Vó, tristes porém vivas (*Meu Deus*, pensou, *o que vos terá dado tristeza assim sem par?*). Viu a irmã esguia, leve, absorta no modelar uma Nossa Senhora perto do pai também a modelar, porém um São Francisco quase do tamanho dele próprio (*Meu Deus, Meu Deus*, pensou passando por um tremor, *artistas perdidos nas brenhas! — e a Mãe, por onde andará? Viva estará?*), nisso desfaleceu provocando um grande baque causando rebuliço, e é vem chegando Estrela em tempo de aparar a cabeça do "viajante" que por um triz não se arrebentou no alisar da porta, é vem chegando Estrela em tempo de bater o olho no rosto do "viajante" e gritar um grito longo e estridente que os ecos levaram até o alto do Morro da Nascente, entrando por salões e escadarias e alcova do Sobrado misturando-se ao chororô da menina recém-nascida *JANUAAAAARO MÔ FIO.*

Diferente de Bastiana nascida toda índia que nem a mãe da mãe dela, Juraci nasceu de zóio verde todinha o pai do pai dela, alvarinha que nem o bispo que fez Estrela na barriga de Ana Brasila, nasceu que nem o branco pai de Frutuoso avô dela. De imediato um Positivo desceu (menos) pra anunciar ao povo da Lagoinha que é chegada uma menina (mais) para saber que grito destabocado seria aquele, em tempo de tresvariar a pequenina?

Bastião Cavalo mais parecendo bicho do mato acuado de que mesmo o cavalo sempre demonstrado de seu nome, de sua força, de sua beleza. Aporrinhado de tantas desvalenças em seguida uma da outra, murchado de forças e de vontades, sorrateiro caminha de quina a quina do salão do Sobrado (esbarrando-se nas tocheiras, derrubando cadeiras). Como que quer entrar na alcova mas não sabe ou não acerta. Encosta na janela daqui, debruça-se na de acolá. Não enxerga matas, nascente, mar, ondas, estrada calcetada de negras pedras... Olhares perdidos... Dentes enrilhados... tanto faz o lado que sol nasce como onde o sol morre. Em agonia. São dez dias passados da parição de Lonô, da chegada de Januaro. São dez dias passados do nascimento da menina. São dez dias passados do primeiro estrebuchar das carnes de Bastião, das tormentas na cabeça. São dez dias passados da chegança de Januaro e da não chegança de Lorenço. O bastião bicho do mato acuado se debate noite e dia, dia e noite nos rios densos vermelhos que correm em suas entranhas.

No cais da enseada da maré o *Saveiro Novo* e o *Saveirão Mor* (que assim ficou chamado e por depois pintado emplacado o saveiro primeiro de Frutuoso e Zóio Verde) ancorados. Em navegação de mercancias, a entrar e sair da barra da estiva (e na barra da estiva está todo o segredo de não atracar senhor ninguém desconhecido na enseada da maré, apenasmente o Mestre da Barra treinado por Zóio Verde é quem leva e traz os saveiros barra afora e barra adentro), os saveiros *Um* a *Sete*. O Mestre de Cais controlando chegadas e saídas, carregamentos. Zóio Verde e Brianda supervisionando, porém a falta de Bastião já se faz sentir aqui, e acolá na Olaria Jaguarité, nas roças, nas mangas de boi — currais... Tudo e todos acostumados que são de viver sob as ordens de Bastião Cavalo (debaixo de gritos ou de amaciado bem-querer que ninguém como ele os faz, quando quer ou precisa, sabe agradar mais do que mulher rameira). Somente só na Olaria Premera e na Lagoinha sua falta não se faz.

Frutuoso e Esperança Angola velsam e revelsam (tirando o atrasado dos tantos de anos passados em quase total mudez) a tudo perguntar e de tudo querer saber do tudo que por tudo se passa ou se passou do outro lado do maroceano, Januaro a responder tudo isto e muito mais. As velhas mais Estrela nos fogões a cozinhar tudo de comida boa (com muita pimenta e azeite-de-dendê) Januaro se lambendo em gostosuras mais gostosas (cansado de comer bacalhau e muito azeite de oliva). Januaro abandonado de seus baús — sente arrepios só de ver a rouparia pesada den'deles — anda de pé no chão vestido em largos calções, dorso nu, rodeado por Xaréu, Garoupa, Xangó e Miroró a correr em corrupios pelas andanças da mata, a espadanchar den'd'água na companhia aos banhos, ladrando para Corocota definitivamente mudada dos ombros de Lonô para a cabeça de Esperança. (Assim como os cachorros que nascem, morrem e outros mais que vêm a nascer, sempre Garoupa, Xaréu, Xangó e Miroró, também se renovam as amansadas jandaias Corocota — nenhuma mais avoeja ni ombro di Lonô qui jandaia num veve den'de Sobrado, Corocota só di Esperança.)

Januaro

Nos dez dias passados desde o acordar de seu desfalecimento muito conversou com a irmã, o pai, a mãe, as avós... reencaixando seu saber desde que saiu muito menino, junto com o sobrinho Lorenço, para viver no convento da Vilacidade Maior e depois do outro lado do maroceano em terras de Portugal. Januaro mete os pés no tamanco, veste bata de linho branco sobre o calção listrado, chapéu de palha na cabeça de lisos cabelos negros e toma a subida do Morro da Nascente rumo do Sobrado de Jaguarité (do que intuía do povo da Lagoinha tirou certezas, do que previa da vida no Sobrado foi verificar). Pajens e amas tentam impedir sua entrada. Ignora. Em passos firmes sobe as escadas de cantaria (como que surdo aos rogos da criadagem *a meno arrea tamanco no portá*) adentra no salão assoalhado de largas tábuas (uma clara, uma escura, outra clara, outra escura...), teto forrado de cedro: cercaduras entalhadas de frutos (vermelhos) e folhas (douradas), no centro pintura em perspectiva em cores alegres e vivas; sente um tremor dentro de si expectado que estava do encontro com o negro impávido a lhe tirar perguntas entre gritos e esporros, encontra um Bastião derreado no canto. Da alcova lacrada esparrama-se o som de choramingo de recém-nascido, espacejados risos nervosos de Lonô entrecortados de choramingo (dela, não da criança) donde a custo se podia escutar *queeero mãe... cadê Voana? Vó Dença donde tá?* Januaro se abaixa, alisa a carapinha de Bastião recebendo em troca um olhar perdido, sem força uma (nem em mão, nem em braços, pernas, nada). — *Levanta homem, não é de si prostrar-se dessa maneira.* Ainda em troca, o olhar embaçado. Januaro sentado no chão, cara com cara com Bastião, segura-lhe as mãos e deixa-se ficar (depois, nem acertou a contar a Vó e Vó quanto tempo se passou). Té quando Bastião estatelou no chão entrando em estertores os pés cresceram o corpo debateu-se e Januaro assistiu — com os olhos que um dia a terra haveria de comer — a roupa de Bastião incendiar-se sem queimar-lhe o corpo, ouviu os rios caudalosos que subiam gorgolejantes por dentro das carnes de Bastião, dos pés às pernas, barriga, caixa dos peitos, braços, cabeça; retornando fez um redemoinho em torno do coração estancando — concomitante — e como se viera de muito longe, estertorosa porém grossa voz ecoou saída das entranhas de Bastião (boca pouco se mexeu) *Looorenço mô fio... é tu num é? Tu vortô num vortô Looorenço mô fio?* (Januaro estremeceu deixou as lágrimas rolarem.) Bastião levantou firme. Um cavalo (uma onça?).

Januaro mandou buscar Vó e Vó que abriram a alcova de par em par, tentaram cuidar de Bastião com seus chás, infusões e mezinhas por cinco dias e cinco noites e desceram o Morro da Nascente de volta pra Lagoinha quando deram fé que seus chás, infusões e mezinhas não surtiam qualquer efeito. Sempre os desmandos, babas e gritos de Bastião a rolar pelo Sobrado — *eia moleque, munta in égua máji qui legera traiz mô pai Zóio Verde.* Lentas no arrumar seus teréns até descida da escadaria, Vó e Vó inda ouviram as falas de Bastião à chegada de assustado Zóio Verde seguido de assustadíssima Brianda — *toma tento pai, faiz batizado da minina por nome Juraci... Juraci Cavalo. Tu Lonô, avexa, cuidia abri baú di enxová di home qui ordenê vim di Portugá num quero sabê di mulé tomano conta di Juraci, di Juraci cuidio eu. Aperparo vivê di minina qui nem vivê di home, doje por diante essamenina é home, num ai di assentá ni acocorá promode oriná, ai di oriná di pé... Lorenço num vorta.*

CONVERSA DE BASTIÃO E JANUARO

— *Tu muitio minino qundo dispachei tu pros maroceano adento tu alembra?*

— *Sim, senhor meu cunhado.*

— *Alembra os falá dos padre? Cheim di presepada di sabê di qui ia sucedê, parecença todim cigano?*

— *Sim, senhor meu cunhado.*

— *Apois, iscuito tudim qu'ele falou qui nem qui foi ind'agurinha, tu prendeu máji letura máji iscrita?*

— *Aprendi, senhor meu cunhado.*

— *Apois, padre num é cigano, num divinhou. Conta, tu é doutô?*

— *Não, senhor meu cunhado.*

— Prendeu niguciá, lucrá? Vortou promode mi ajudá?

— Não, senhor meu cunhado.

— Apois, tá rendo? Padre num é cigano, num divinhou. As argila, os barro tu prendeu diferençá? As quim'ca di zular tu prendeu? Tu afiná prendeu fabrico di zulejo di paisage? Zulejo di azu cobato?

— Aprendi sim, senhor meu cunhado.

— Os padre iscreveu pra tu minhas orde? Di trazê todos instrumentá di fabrico di zulejo? Di trazê risco di casa di fabrico di zulejo?

— Como disse a vosmicê, faz muitos anos não recebo cartas dos padres, já nem são os mesmos aqui de quando parti. Ademais, vosmicê ficai certo, também não esqueci uma palavra vossa dita quando do meu embarque (de propósito, Januaro falando em tom e palavras de irritar Bastião), *os baús, caixões, caixotes portando instrumentos, corantes de óxido variado: cromo, ferro, zinco, cobre, estanho, sem esquecer o cobalto; trouxe também cravilha e trempes, maromba, plantilhas e moleta e ainda mais: planos para azulejos avulsos esquadrilhados, técnica de esgrafito e de uso variegado de cores, não apenas azul-cobalto para orlas e ourelas ou azulejos aplicados seja em murais ou pisos, e se desejardes vos ensino até mais do que alçada a mim imposta, para a Olaria Jaguarité vos ensino fazer antefixo e acroteiro que são arremates finos, ponteiras para telhados. Se quiserdes ainda vos dou técnica de calcetamento, tereis maior saída e novos trabalhos para ladrilhamento de ruas nas novas vilas, cidades. Tudo está à vossa espera no porto da Vilacidade Maior. Tudo está à vossa espera para desembaraçamento e pagamento de aduanas e fretes. As plantas da casa de fabrico, como diz vosmicê, estão aqui. Tomai. Estão entregues.*

— *Entonces num é tu qui vai tudo comandá? Dá as orde? Torizo tu começá.*

— *Não, senhor meu cunhado. Sabereis muito bem construir, vosmicê sabeis contratar os melhores oficiais, mestres em leituras de riscos, levantamentos de plantas. Vosmicê tudo sabeis. Apenas vos dou um aviso, não podeis nada modificar do que aí está determinado. Enquanto construirdes, se autorizardes a minha pessoa, escrevo missiva ao Mestre d'Azulejos que deixei apalavrado em Portugal. Se quiserdes meus serviços, os que poderei vos dar são serviços de desenhista: paisagens, estórias, retratos. A contrato. E só.*

— (levantando a voz) *Apois, tá muitio qui trei bem, apenarmente máji u'a cosa só: tu num mi chama sinhô mô cu-ado qui mô cu num quero den'di palavreado di vosmicê entonces, máji u'a cosa só: tu nicia dibuxo do vivê do povo da Lagoinha derdes qui Frutuoso incrontou Siá Ana Brasila... tu comanda o fabrico o assentá. Tumém porveita promode a iscrita ni zulejo tumém Casa di Fabrico di zulejo di Bastião Cavalo ano di 1760.*

— *Se me permitis vosmicê, deixai que a portada da Casa de Fabrico* (irônico) *assim seja feita* (rapidamente rabisca no bloco de papéis que sempre traz consigo, um 4 por 4 ornado de arabescos fitomorfos e no centro bem escrito — e bem explicado a Bastião)

AZULEJARIA
DE BASTIÃO CAVALO
ANO DE 1760

Juraci e Bastiana

(1765...)

Bastião falou, Bastião cumpriu. Juraci sempre metida em calções — nunca uma bata, um camisolo, um saiote de chitão. Desde pequerrucha. Ni qui Juraci desempenou, desengatinhou levantando nos dois pés, o pai montou ela na garupa de seu cavalo mais brabo (*arre qu'esse minino tem di sê muitio macho*), carregou em suas andanças de currais e mangas de boi. Mandou buscar na Costa três molequinhos pra criar em casa e brincar brinquedo de homem mais Juraci, ensinou um dar porrada no outro e o mais não precisou ensinar, bastou soltar eles no mato pra trepar em árvores tirar fruitas no pé, mergulhar pra pegar peixe na unha, caçar bicho miúdo nas matas... Antes de Juraci completar cinco anos de idade Bastião anunciou a primeira viagem (*esse minino cumeça prendê marinherá adispois nicia vê cuma mercancia*). Tanta de tanta maluquice junta, té Bastiana tá convencida de querer ser homem, se ajunta mais os molequinhos no brincar, pescar, caçar... na hora de gostosear larga eles de banda vai mais a filha da ama, aquela sararazinha, pras beiradas da nascente e ficam as duas de nham-nham-nham nhem-nhem-nhem fazendo o que é de home e mulé fazê, que não tendo elas pingulim, ai-ai-ai o que se sucede... Lonô mansa, entre pequenos sorrisos *queta home, me dá-me essamenina de volta.* Bastiana aperreada (largada de há muito de seus cozinhados e caxixis, lascou saiotes e batas de chitão colorido vestiu calções de giolho acompanhou carreiras, pescarias, caçadas de Juraci mais os molequinhos) não viu forma de que iria no saveirão atirou-se no chão a chorar e gritar, espernear-se de forma tal que Bastião jeito não teve, carregou com as duas estrada abaixo para o embarque no saveirão.

Lonô engoliu sua tristeza, desceu até o cais da enseada da maré onde passou o resto do dia, até depois muito depois de sumir no horizonte o último pontinho das velas do *Saveiro Novo* levando Juraci mais Bastiana.

Brianda, mourejando no telheiro da enseada, traz o Mestre do Cais em corda curta no controle das chegadas e saídas dos sete saveiros de telhas e tijolos, mais o saveiro d'azulejos, ela mesma recebendo das mãos dos mestres saveiristas as encomendas – agora tudo assentado em papel. Zóio Verde no comando da Olaria Jaguarité – mais uma vez ampliada para dar conta de tanto tijolo e tanta telha para aprontar. O português Mestre d'Azulejaria impõe limites, regras, rejeita encomendas de comum acordo com Januaro — que embora continue se recusando a qualquer intromissão nas mercancias é quem dá a palavra final quanto aos desenhos vindos acompanhando as encomendas, é quem desenha os intricados pedidos apenas insinuados de desejos mirabolantes. Frutuoso e Esperança não aceitam pedidos, moldam ou esculpem seus santinhos ao bel-prazer. Transformam em barro os seus (ditos) sonhos. E seja lá onde ande Bastião Cavalo, em seus niguceios não passam os santinhos de Frutuoso e Esperança. Januaro é quem viaja de meses em meses para a troca de santaluzias, nossassenhoras, sontontonhos e franciscos e bárbaras e onofres e...

Lonô em sua rede pra lááá e pra cááá, aprecia Segunda a se arrastar pelo chão mais Xaréu, Garoupa, Xangó e Mироró, não liga se Estrela vem ou não vem ao Sobrado. Estrela sobe todo santo dia. Frutuoso faz mimos em forma de bichinhos de barro que Esperança cobre das vivas cores iguais às de Corocota. Ana Brasila e Prudença acocoram ao pé da rede e puxam da memória as graças de Lonô menina, tentam acordos como faziam no tempo das carreiras e gaitadas e aperreios da menina. Muito de raro em raro conseguem sair de mãos dadas até a nascente: banham-se brincando mais Lonô.

Já passado mais de ano só se sabendo de Juraci mais Bastiana através de recados e prosas — de Bastião, além das encomendas, chegam ordens e exigências através do nomeado Positivo, algumas patacas regradas entregues a Zóio Verde para o uso do Sobrado, o pagamento certo de todos os contratados pelas mãos de Brianda — eis que chega um papel trazido pelo moleque ajudante do nomeado Positivo, papel dobrado enrolado escondido nas roupagens e nos trejeitos do menino que se esgueirou e subiu a proibida (pra gente de sua laia) subida até o Sobrado. Moleque danado de sabido veio cumprindo ordem — não de Bastião, de Bastião: escondido — o moleque veio rastejando nos esconsos tudo bem pesado e bem medido e bem ensinado e bem mandado por Juraci: chegou na alcova de Lonô na boca da noite, entregou o papel (ó trabalho e risco — em vão: Lonô, a de olhar esquisito e esquecido, mão manemolente estendida amarfanhou o papel e botou embaixo do colchão de macela).

Passados mais tanto de meses que o segundo ano de ausências já se sentia, quando Lonô já nem à rede queria ir, quando Lonô recusou banhar-se, quando Lonô fechou os olhos recusando ver, quando Lonô fechou a boca recusando falar e comer, as velhas Mãe e Mãe botaram Estrela (também ela em ais e uis vendo a filha esvair-se) pra fora da alcova, falaram bravas para Lonô *arre minina perriada! tu num bota as mão na zoreia qui nem bugio não! arre minina perriada! tu iscuita qui as véia tão dizeno: tu bebe a beberage qui as véia tão dano* enquanto Ana Brasila arrastou as pernas de Lonô para fora do catre, Prudença levantou-a pelos sovacos, carregaram levaram escada abaixo botaram Lonô quentando sol sentada num tamborete, que Estrela apenas tomasse conta e fosse dando a beberagem de gole em gole de tempinho em tempinho.

Ana Brasila e Prudença abriram portas e janelas da alcova, queimaram pedrinhas cheirosas nos quatro cantos, arribaram o colchão de macela... bolotas de papel rolaram pelo estrado do catre afora.

De noite, no alpendre na beira da Lagoinha, Ana Brasila e Prudença entregam as bolotas de papel: debaixo do fifó grande Esperança abre estende alisa arruma. Cada bolota uma carta de Juraci. (A esperta Juraci instruiu o moleque apenas entregasse cada carta a Lonô) *inxente gente apois Juraci num sabe qui Lonô num sabe leitura...* cartas e mais cartas sem perguntas sem espera de respostas, cartas (ou melhor, bilhetes) de quem adentra no aprender da escrita e simplesmente quer escrever.

Minha Boa Mãe
Bom dia
Estimo que esta lha encontre em gozo de boa saúde.
Seu filho
Juraci
Em Saveiro Novo em o ano de 1766 em o meis de julho

Minha Boa Mãe
Boa tarde
Estimo que esta lha encontre em gozo de boa saúde e todos os seus na santa paz.
O Mestre de Letras tem sido muito bom para Bastiana lha ensinando leitura e escrita; vez que de sua obrigação e trato é o ensino para este
Seu filho
Juraci
Em Saveiro Novo em o ano de 1766 em o meis de agosto, segunda quinzena

Seguiram-se semelhantes bilhetes a uma média de dois por mês até:

Para Dona Lonô Brasila
Sobrado de Jaguarité

Minha Ama e Senhora
Que Deus Vos Guarde
Estimo que esta lha encontre em gozo de boa saúde e todo o povo da Lagoinha em santa paz.

A morada em onde vivemos é encontrada em vasta casa avarandada em arrabalde da Vilacidade Maior.

O senhor vosso esposo Bastião Cavalo montou casa de comércio em sobrado de três pisares em esquina de grande movimento de pessoas que passam em compras e em passeios e em caminho de assistir à santa missa e tudo mais. Por nome tem cinco quadros d'azulejos em cada pedaço de parede cega de entremeio de cada uma das seis portas, estando a quina da esquina por completamente recoberta em belos desenhos d'azulejos e mais assim dizendo:

Casa das Estrelas
De Sebastião Cavalo de Jaguarité
Commercio de Seccos & Molhados
Commercio de Tellhas & Tijolos
Madeiras Ferros Ferramentas
Anno de 1769

Balcões e prateleiras e muitas mercancias compõem o piso do rés-do-chão, em onde trabalham muitos e bons rapazes caixeiros. Em o andar de cima o denominado escritório em onde todos os dias ao cair da tarde se leva Juraci a conferir escritas de poderes e haveres de Bastião Cavalo.

Nada de nada do que ora relato a minha ama e senhora foi me mandado relatar. A mim parece ser de bom alvitre

ao senhor Bastião que notícias tais não caminhem até Jaguarité.
Da sempres sua
Menina
Vilacidade Maior, em o meis de março em o ano de 1770

(1774)

Passados tantos de anos sob ordens vindas pelo Positivo que as lê para Zóio Verde — e em grandes cadernos de capa dura e preta assenta as contas dos dinheiros que vão ou dinheiros que ficam com Brianda e em papéis que vai enrolando escreve os recados-respostas de Zóio Verde para Bastião Cavalo e em andadas pelas terras de Jaguarité recolhe cartas do Mestre d'Azulejos, missivas de Januaro... Eis que em dia de muita trovoada quando foi de demasiada periculosidade entrada de saveiro na barra, dia de desembarque muito dificultoso, o Positivo se apresentou a Zóio Verde apresentando um Ordenança representante maior do Senhor Sebastião do que o próprio Positivo. Que se aprumasse o Sobrado de Jaguarité com todas as honras e pompas pois que Senhor Sebastião mais os rapazolas Bastiansin e Juraci estavam ao largo — a salvo do mau tempo —, aguardando espairecer, embarcados no bergantim *Senhor dos Mares* e mais ajudantes, aprendizes, Mestres de Letras, Mestres de Artes, Mestres de Contas & Negócios embarcados no *Saveiro das Estrelas* e no *Saveiro Mais Novo*. Desembarcar-se-ia um piano (e um pianista), ouvir-se-ia música maviosa (não mais aqueles baticuns destabocados). Desceriam a terra moçoilas trazidas da Vilacidade Maior que com os mestres dançariam (ensinando valsas e quadrilhas – não mais passinhos miúdos de balanceado de ancas).

Lonô em sua rede, pra lááá e pra cáááá, não tomou tento das alvíssaras. Três dias se passaram em frenéticas arrumações sob luz das tocheiras pois que a chuva e o vento eram tais que uma greta de janela impossível abrir. Tormenta atormentando. Três dias igual que fosse noite, tamanha escuridão se fez. Matança de boi, porcos e galinhas. Pescaria impossível. Carro de boi no lamarão nhec-nhec (até a estrada calcetada cobriu-se de lama). A cruviana zunindo. Árvores caindo na mata, fechando caminhos. Ondas se alevantam avantajadas (na sempre calma mais que calma enseada da maré). Rios subindo, transbordando, correndo em corredeiras caudalosas. A Lagoinha tomou-se de tanta água esparramando-se por em volta que o pé de iroco não se alcançava. Alimárias passaram mortas boiando arrastadas engriziadas em plantas, galhos, folhas, flores murchas, cipós. Lonô em sua rede, pra lááá e pra cáááá, não tomou tento que as janelas foram abertas quando a alva do quarto dia se fez com sol radioso quente clarioso e – a despeito de plantações perdidas, telheiros desmanchados, mortandade de animálias, olaria alagada e tantas de tantas perdições pelas terras de Jaguarité afora e adentro – o Sobrado de Jaguarité estava limpo, assoalho encerado, louças brilhando, mesa posta no mais apurado gosto Dazoropas sob comando do Ordenança.

Zóio Verde embarcou mais o Positivo e o Ordenança para encontrar a esquadra do Senhor Sebastião ao largo, no maroceano. Passado o grande susto ao aviste do *Saveiro das Estrelas* com mastros quebrados e ele mesmo meio cambaio, passou a escutar os ditos do embarcadiço que o Senhor mandou esperassem em terra o retorno. Tudo aprumado ficasse té o dia que houvesse por bem o Senhor chegar. De prejuízo maior do que o visto de mastros quebrados somente a perda do piano que se fez ao mar, afundou.

Lonô em sua rede, pra lááá e pra cáááá não tomou tento da continuada azáfama de arrumações e comidaria por dias e dias dentro do Sobrado (um esperdício — só não pior porque as criadas desobedeciam ao Ordenança em afã de jogar no mato cada desajejum, almoço, merenda e ceia preparado para a chegada da esquadra do Senhor Sebastião e nada da esquadra chegar; cada refeição passada a criadagem troca o caminho do mato pelos das roças de suas famílias e comida tanta de gente não dar conta indo além, aos porcos e galinhas também). Perdeu-se a conta de bois matados, galinhas patos e paturis depenados, cestos de camarões, pitus, peixes e mariscos de toda espécie: melros xangós mirorós garoupas xaréus... sururu ostra tarioba sarnambi... terrinas de mingau de milho e fruta-pão, travessas transbordantes de cuscuz de tapioca e de carimã, bananas fritas, gamelas de ovos batidos mexidos com maturi cozidos no leite de coco, repolhos inhames batata-doce, camarão seco e coco ralado den'de tantas panelas, doces, garapas... até o trezeno dia depois de um mês passado: ouviu-se soar de cornetas, baticum de rum, rumpi e lé.

Correu gente de toda banda. Nunca se vira nada tale e quale o tale de bergantim, mastros com velas altaneiras fora os muitos remos nos lardeados — quem viu a adentração da embarcação na enseada nunca de nunca que esqueceu o tamanho (mais de cinqüenta palmos de popa a proa) tampouco a ligeireza (só para remador, veio a se ver e saber depois, dez bancos de lado a lado). O bergantim adentra a barra, porém arria âncoras ao largo da enseada, os embarcados vêm em canoas e batéis de pouco em pouco até o cais da enseada da maré.

No primeiro batel Bastião Cavalo trajado em elegantes roupas Dazoropas, limpo, perfumado, o cabelo espichado a ferro quente, rosto empoado de branco apenasmente ele além do remador e do pajem que lhe sombreia com imenso guarda-sol. Na canoa seguinte, não houvera quem dissesse não se tratar de dois belos rapagões: o índio Bastiansin mais o alvarinho Juraci igualmente trajados como o pai. E assim sucessivamente fez-se o desembarque da esquadra do Senhor Sebastião — mesmo os saveiros, Bastião não permitiu atracar — em idas e vindas das muitas canoas e batéis. A cada efusividade de pai, mãe, compadre, parente ou aderente Bastião se empinava todo jogando o corpanzil para trás, erguendo muito a cabeça, olhar sobranceiro, arribando o braço direito espalmava a mão enluvada — seria uma bênção? ou estaria dizendo entre dentes *num incosta ni mim não diabo!* — Também... bastaram o primeiro e o segundo esfuziote, não houve mais quem quisesse aprochegar-se.

Caleches, carruagens, carroças... até os carros de boi para carrear toda aquela gente e teréns Morro da Nascente acima. Se bem que só os muito importantes subiram (com o afundamento do piano, Bastião deportou as moçoilas para a Vilacidade Maior — debaixo de muitos gritos e esporros culpando-as de agourentas, culpando-as pela tormenta chamando-as de feiticeiras burras descaradas). De mestre pra cima. Nada de aprendiz nem ajudante, que a essa *gentinha* no dizer de Bastião não era permitido subir.

Lonô em sua rede, pra lááá e pra cáááá, fincou o pé no chão, levantou o corpo, botou tento nos ouvidos: *é Juraci...* pondo-se de pé deu uma passada, a mão em concha na orelha: *é Bastiana...* andou lenta no rumo da escadaria palavreando ora alto, ora inaudível, aos gritos, aos prantos, às gaitadas: *é Juraci é Bastiana é Bastiana é Juraci é Juraci é Bastiana é minha filha Juraci é a filha Bastiana, é minha filha Juraci é minha filha Bastiana é fia rááăá-rai minha filha! rááăá-rai* até estremecer em susto desesperento ao ouvir pléquete do espocar de uma chibatada no corrimão da escadaria vozeirão a estremecer o Sobrado: *fia não inorante! num foi tu qui pariu? Entonces num sabe qui minino num é fia é fio! fio! fio! fio! Arre! Eita mulé por dimagi di inorante eita inorança da disgraça!* Lonô estancou, olhou duro na cara de Bastião, não gritou. Falou bem explicado no seu mais limpo palavreado (do jeito que mãe e mãe escutavam e falavam: *inxente gente donde essamenina prendeu esses dizê, té parece qui veve in casa di cidade, té parece qui é fia di branco*) sem falsetes nem embargos: *Não chegues arrevesado não Bastião, isto cá não é casa de rameira. Não avexes não Bastião, respeitais o sobrado do povo da Lagoinha. Vais ao banho, tirais o empoado da cara e vinde olhar-me como gente de cara e dente nariz na frente. Eu botei as meninas no mundo. Minha filha Bastiana. Minha filha Juraci.* E olhando para uma e para a outra, engalanadas, em trajes masculinos Dazoropas, já de todo caladas sem risos nem picuinhas, olhos baixos (rabos tivessem estariam entre as pernas), dedo em riste de uma à outra: *tu*

Bastiana mais tu Juraci caminha anda (dando rodopio) *vem mais eu té minha alcova* (a passos largos, em silêncio, seguida das duas, Bastião estancado no alto da escadaria). *Toma* (entregando camisolo de linho branco a cada uma das filhas) *anda, caminha, desce até a nascente volta vestida de mulher que é o que cada qual é.*

A comidaria foi servida envolvida em duro e completo silêncio (quem quisesse ouviria os cicios dos bugios na mata, a algaravia de jandaias, o suave cantar dos mais variados pássaros — nada ninguém ouvia, amedrontados, alguns tresvariados sem acertar boca caldos escorrem pelos queixos, ossos entalam gargantas). Não subiu alma uma do povo da Lagoinha — se chamados, não se ficou sabendo, e que fossem, não subiriam. Zóio Verde mais Brianda muito do contrafeitos sentaram à mesa — coragem não tinham de contraditar o filho que fizeram botaram no mundo criaram, porém agora já de todo desconhecido. A taluda Juraci — aí pelos seus quatorze anos de idade, impafiosa que nem o pai era toda bicos e mau modos desenxabida dentro do camisolo de linho branco amplos peitos empinados; Bastiana gordota, toda sorrisos, deu uns nós nas barras do camisolo a modos de calções, desenchembrada, comendo a se fartar. Após os doces e licores, Bastião levantou anunciou que a esquadra partiria ao alvorecer do dia seguinte, nada havia para ele, Senhor Sebastião, fazer naquele fim de mundo, viera em visita de paz (não encontrou), retornaria no mesmo pé que chegou, preciso fosse a criadagem trabalhasse toda a noite para o reembarque das tralhas desembarcadas, não, não abrissem arcas nem baús nem caixotes nem barris, viera em visita de paz (paz que não encontrou, repisava) carregado de presentes de lembranças porém tudo retornaria. Já não bastasse o mau agouro do piano afundado (que ele mandara vir, junto com o pianista, Dazoropas).

A azáfama se fez durante toda a noite de breu – tochas a alumiar a estrada calcetada, criadagem a subir e descer estradas picadas como formigas no caminho do formigueiro. Falou-se à boca pequena que o magote de homens remadores carregadores lacaios marinheiros recadeiros não seriam contratados como de costume do povo da Lagoinha, comentou-se em conversas de pé de ouvido: *Senhor Sebastião? Senhor de Escravos...*

Se durante a noite de arrumação Bastião não teve tempo, ou não quis escutar os rogos de Lonô, quando nem estava no meio da descida do Morro da Nascente foi obrigado a escutar um galope desenfreado, é vem Lonô aos gritos: – *Não avexa não disinfiliz, cuida de atrasar a viagem que as amas estão aprontando os baús, sem eu, Lonô Brasila, as filhas não seguem viagem, prepara jeitoso o saveirão que pra cuidar de Segunda viajam quatro amas mais dois moleques tu sabe miserável que pra brincar mais Segunda tem de viajar os quatro cachorros apois Segunda sem Xaréu, Garoupa, Xangó e Mirorό não vive. Se vai a filha pequena, vai a família toda, as amas de servir, as amas de cozinhar, os moleques de ajudar, meus penicos e caçuá, vai cabê tudo no saveirão de mercancia? Entonces tu apronta Saveiro Novo* (Lonô não tomou conhecimento que Juraci nem mais era a "filha pequena", muito menos tomou tento da existência do bergantim *Senhor dos Mares* acompanhado de novos e maiores saveiros, que importava a Lonô a atual existência da *esquadra* do Senhor Sebastião?). Aos gritos de Lonô, Bastião não resiste nem enfrenta. Acostumado aos próprios gritos, frente ao perene gargalhar de Lonô, baixa a cabeça se Lonô entesa. Para falar bem de verdade, cara feia de Lonô ou simples silêncio (raríssimos enquanto viveram juntos alegres e amorosos) acaba (ainda agora) a valentia de Bastião Cavalo, debaixo de grito então... Bastião Cavalo vira Tião Carneiro. Não diz palavra uma, apenasmente dá volta no animal enceta a subida retornando ao Sobrado de Jaguarité. Em voz mansa ordena que a meninada vá cuidar de dormir, chama um Positivo ordena que vá buscar seu pai Zóio Verde (já a postos no *Senhor dos Mares*, esperando a chegada de Bastião mais Juraci para a partida).

Tudo isto se deu-se ainda no escuro antes do dia esclarecer, Lonô tresvariada vestida na camisola de cambraia cor-de-rosa bordada de fios de ouro, pés no chão, debulhada em lágrimas. No salão do Sobrado de Jaguarité o pajem acende as quatro tochas das quatro tocheiras de florões dourados e anjos entalhados. Bastião senta na cabeceira da mesa de jacarandá de pés e travessões torneados embolachados, macambúzio com ódio até o fundo d'alma, ordena que a criadagem frite uma dúzia de ovos de galinha-d'angola cozinhe duas frutas-pão, batata-doce, inhame, que se frite mantinhas de fumeiro, que se faça pirão de onça, que se vá ao curral e traga leite fresco, que se pegue no guarda-comida duas tigelas de coalhada e uma peroleira de vinho. Não, não quer saber de talheres de Espanha, nem louças de Inglaterra. Tragam as terrinas de loiça-da-terra cheias de comida, de mão e boca ele há de resolver sua fome, matar seu ódio. A claridade do dia já alumia os janelões quando Lonô sentada à esquerda e Zóio Verde à direita de Bastião escutam as recomendações ditas guturalmente entrecortadas de cansaço(?) entremeadas de comida deglutida e comida escapulida escorrida pelo queixo, pescoço... — *Pai... a viaje si atrasou-se... tu ordena di mandá trocá carga di Savero Má Novo pro Savero Cinco qui portou onte di vorta, tu ordena qui bergantim Sinhô dos Mari incete viaje máji os conviva qui viero. Uum-um-um... num sinhô, vosmicê num vai. Vosmicê cuidia di mós cuidiado di terra qui vou trancá máji Lonô, cosa di meis, merimei... n'alcova. Qui bergantim teje qui di vorta promode deu arretorná. Vamo cuidiá di fazê minino home. Tá rendo Lonô? Trato máji tu... Juraci fica home té minino nacê... nacê minino home... devorvo Juraci pra tu visti di saia rodada...* Lonô de olho fundo olheiras tanto chororô. Não quer saber de tratos, quer saber de sua filha junto de si, quer saber de sua menina (não se dá conta que sua menina já é uma moça, não toma tento que sua menina não quer ser sua menina, que sua menina se diz se sente se faz ou se fez um rapaz, rapaz vivente de vilacidades, rapaz de escritas e leituras).

Lonô falando, falando... sabe que Bastião não lhe dá ouvidos, sabe que Bastião vai comer até empachar como toda vez que é tomado desses ódios cegos (a ela) e não tem coragem de fazer o que faz no de sempre (com pai, mãe, criados...): xingar gritar bater; Lonô sabendo irritá-lo dá um toc-toc com os nós dos dedos bem de junto da terrina onde Bastião está comendo que nem bicho e no sapocá do olho dele pro lado dela emenda o conversê *apois Bastião tu sabe porque só sai filha mulher... tu sabe bem que vosmicê não gostoseia mais eu de bem-querer... tu sabe bem que vosmicê gostoseia mais eu de déu em déu... não me lambe, não me passeia, não me cutuca não dá cheiro... tu sabe bem que vosmicê só é vem embrutecido de bananão em riste me metendo-me de jeito de arrebentar minha grota... vosmicê sabe de saber bem sabido o que digo em linguagem esclarecida: menino sem miname-name, sem cheiro nem lambida só ai de sair mulher porque mulher costuma melhor que homem não ter bem-querer, mulher p'xonada costuma melhor que homem ser ma'tratada.*

Querendo ou não querendo. Embrutecido (e sem bem-querer) lá se foi Bastião Cavalo mais Lonô, depois de quase dez anos passados, se passar trancados na alcova. Desta vez nem ais nem uis corriam pelo Sobrado, muito menos pelas matas. Às vezes, longínquo e fraco choramingo de Lonô. E houvesse comida trazida por amas e pajens... e houvesse merda e urina atiçadas às penicadas pelas janelas do Sobrado, Bastião embrutecido de todo. Vencidos dois meses de alcova, Lonô em enjôos e vômitos desconhecidos, Bastião a obriga preparar tinas de banho, botar roupas nos baús enquanto dá um sem-fim de ordens — que se arrume *Senhor dos Mares*, que pai Zóio Verde continue nos cuidados de então, que escolha o melhor aprendiz dos aprendizes que consiga aprender ajudar a ele Zóio Verde nos comandos dos negócios porque ele, Bastião Cavalo, quiçá só volte dentro de quase um ano, para encontrar já nascido o filho deixado na barriga de Lonô. Se preciso for, que Brianda largue os que fazer da Olaria Jaguarité e venha tomar conta de Lonô, ou melhor pensando bem, que não se sacrifique andamento de trabalho, que pai Zóio Verde traga uma das burras velhas que nada fazem pra olhar pela neta Lonô. E tem mais uma coisa, que se tranque Lonô até a partida do bergantim *Senhor dos Mares* porque ele, Bastião Cavalo, já mandou fazer todos os preparativos do motivo principal deste retornar de viagem que fará: levará Bastiana e Juraci para o continuado aprendizado de marinheirar e mercanciar ao tempo em que manterá os professores contratados para o aprofundamento dos dois, Bastiansin e Juraci, nos estudos das contas e das letras. Zóio Verde, trêmulo ante o ódio que exala e flui pelos olhos, pela boca, pela baba do filho desembestado, não acha coragem para revidar um piu — sente como que uma fraqueza, um escurecimento nas vistas... Desfalece.

Corre o ano de 1775. Dez meses se passaram desde a desditosa partida, quando o bergantim *Senhor dos Mares* lança âncoras ao largo da enseada da maré. Bastião Cavalo (como antes) trajado em elegantes roupas Dazoropas, limpo, perfumado, o cabelo espichado a ferro quente, rosto empoado de branco. Novo serviçal contratado o acompanha, sendo anunciado a quem queira e a quem não queira saber: — *o home vei das terra di França, si chama-se Pié trabaia maj'eu di vá lé di chambr' inda num fala a linguage da terra às dereitia.* Juraci e Bastiana em trajes idênticos aos do pai, do sapato de fivela de prata ao chapéu, passando pelas rendas do colete atravessadas por corrente de ouro (direitinho dois tocos de homem muito do bonitos). Zóio Verde e Brianda a postos recebendo a chegança com sorrisos (falsos) colados nos rostos pregueados, caídos. Na carruagem grande e novíssima, chegada semana antes de Bastião, puxada por três parelhas de cavalos árabes, assento para três cocheiros, cabina para seis pessoas com dois bancos forrados de veludo carmesim frente com frente: sentados em um, Bastião ladeado por Juraci e Bastiansin, e no outro Zóio Verde mais Brianda, que vão, às perguntas do filho, noticiando tudo de bom passado ocorrido nas roças, currais, olaria, azulejaria, cais da enseada... nada de errado, nem um senão nos fabricos nem nas mercancias, nem nas vidas e partos das alimárias cavalares muares vacares galináceas porcinos — e a carruagem indo devagar e sempre, a ladeira do Morro da Nascente sendo vencida, o Sobrado de Jaguarité aparecendo e Zóio Verde mais Brianda cada vez mais inquietos à falta de perguntas sobre Lonô...

Ee... iáá os cocheiros estancando a carruagem no terreiro sombreado em frente ao Sobrado de Jaguarité. Pajens correm a abrir as portas da carruagem, com um gesto Bastião os afasta, em seguida faz com que Juraci e Bastiansin desembarquem, encara os pais — *apois, Lonô finarmente pariu um home, apois tô certo num tô?*

Lonô prostrada, em ânsias e dores, aos dez meses e meio de gravidez. No quinto mês, quando não houve mezinha de Prudença nem infusão de Ana Brasila que trouxesse melhorias, quando não houve carinho de Estrela que minorasse o desalento, quando não houve reza de Zóio Verde nem promessa de Brianda que aliviasse a enferma, quando Lonô, quase aos cinqüenta anos de idade, não parou de vomitar e de sofrer, Frutuoso mandou Januaro viajar à Vilacidade Maior, à Vilacidade, ao céu ou ao inferno, mas que trouxesse um cirurgião, um físico... e que fosse no melhor saveiro dos aportados na enseada da maré e que escolhesse os melhores saveiristas e marinheiros. Há cinco meses, a peso de ouro, um físico de anel no dedo, estrangeiro vivente da Vilacidade vindo para Jaguarité por conta e risco de Frutuoso, está ao lado de Lonô sem mais saber o que fazer, que atitude tomar, fazendo e refazendo as contas do tempo da gravidez querendo que tudo esteja errado e que tudo dê certo ao final, não sabe, nunca viu nem ouviu dizer de situação similar. A ele, físico que estudou nas Academias de Portugal e Espanha, agora só resta orar.

Ao primeiro soar da inconfundível passada de Bastião Cavalo no soalho tabuado do Sobrado, deu-se a primeira contração em Lonô. Ao Bastião abrir as portas de par em par da escurecida alcova um grito lancinante saiu das entranhas de Lonô. As bacias, os panos, as jarras já vinham há dias sendo trocadas, sempre limpas e purificadas à mão de Prudença e Ana Brasila — mais atentas que o próprio doutor (a esta altura já em tempo de tresvariar só não partira por pena daquela gente boa ao seu redor). Ao Bastião abrir as janelas entra o sol a estourar os miolos de cada um e de todos, o grito de Lonô repicou e a cabeçorra da criança entalou. O físico sacou de seu baú de instrumentos o (desconhecido) fórceps e com trabalho muito trabalhoso trouxe a criança ao mundo, a quinta criança de Lonô Brasila e Bastião Cavalo. A criança feita com ódio pelo pai, recebida com dor e mágoa pela mãe, gestada por dez meses e meio, nasceu de corpo franzino mirrado, cabeça enorme, olhos sapocados (parecia Segunda, nascida porém de tamanho maior, exageradamente maior). Bastião, cego às dores e ao sofrer de todos ali presentes, olhos pregados durante todo o parto, não arredou pé aos pedidos da mãe, de ninguém... murmurando *ai di sê minino home* parece que nem viu o quase morrer de Lonô, parece que nem viu as vascas do doutor acudindo nascida e parturiente findando por entregar a criança aos cuidados das velhas (confiava nelas cegamente, muito aprendeu naqueles meses anotando no caderno de capa preta muitos e bons ensinamentos, creu que a morte da grávida não se dera mais pelos saberes das velhas do que por seu parco adjutório), parece que Bastião nem viu a cabeça enorme da criança entretido estava na procura por entre as pernas do pequeno da certeza certeira do esperado menino homem. No que a criança ficou aos cuidados de Ana Brasila e Prudença, Bastião ordenou que se lhe mostrassem o pingulim do filho dele. Elas, em lágrimas até então não derramadas para não aumentar o sofrer de Lonô; elas, que acomodaram a criatura em enrolados panos assim que o doutor escutou o coraçãozinho bater e lhes entregou a criança; elas, cansadas dos desvarios de Bastião causadores de tantos infortúnios, não deram ouvidos ao endemoniado, seguiram firmes para a camarinha de Segunda preparada para acolher a Quinta. Ana Brasila abriu a esteira, cobriu com um lençol branco, vestiu sua camisola cheirando a patchuli, tomou da criança aninhou-se aninhando enquanto Prudença vestia também sua camisola acudindo Segunda choramingas querendo se aprochegar se enroscar. Segunda alisou a cabeçorra da criança como aprendera alisar Garoupa, Xaréu, Xangó e Miroró. Há anos Segunda não chorava, de repente desatinou num chororô aperreado sem haver enganosidade que desse consolo. Quando o doutor adentrou, as velhas acocoradas uma em frente à outra, e entre as duas a recém-nascida Quinta estirada falecida sem estupor nem dor ao lado da Segunda que aos vinte e cinco anos de idade pouca diferença de tamanho demonstrava da outra. (Segunda estirada não estava pois em engatinho viveu, e assim curvada morreu.)

Bastião Cavalo deu a si o direito de arrumar as defuntas, segundo explicações arrevesadas de que fazia parte das obrigações de seu *vá lé di chambr'* cuidar dos enterros da família (aliás ele o havia contratado no intento de enterro próximo das velhas que há muito, segundo seu entendimento, haviam passado de tempo). O intuito de tudo isto era um só. O endemoniado queria a prova provada de que seu filho morto era um homem, matutava lá consigo mesmo *cambada di véia do demo, promode di num dá gosto pra eu num gritaro cuma di curtume é home! Tumém... num gritaro é mulé! num zóio ni cara di fio di égua di dotô di cocô...* e foi assim que Bastião Cavalo mandou trazer as tinas para o quarto, mandou que todos saíssem que o *vá lé di chambr'* cuidava de banhar e vestir as defuntas. Assim disse, trancou-se. Ele tão ressabiado quanto todos com a estória do *vá lé di chambr'* banhar sua filha, mesmo sendo aquela criaturinha mais um bichinho de que mesmo uma menina, mandou o contratado virar-se de costas cuidou dos preparativos começando por desenrolar o recém-nascido para a esperada vistoria do pingulim de seu menino (prelibando sair com o filho homem elevado acima da cabeça, a injuriar e ofender os circundantes). De ver, viu. Porém, não um pingulim como o seu, plantado num monte encimando dois ovos. Esfregou os olhos com as costas das mãos como que procurando ver mais e melhor. Viu: um pingulim grande saído das gretas da grota de uma xoxota.

Como já é dito e sabido, Bastião quando quer sabe agradar mais de que mulher-dama. Cobriu a criatura, mandou o *vá lé di chambr'* chamar Prudença mais Ana Brasila pediu que preparassem as defuntas, cuidaria ele do serviço das covas, este sim o trabalho de um homem nas despedidas de seus defuntos. Parecia até o Bastião dos velhos tempos. Desvestiu a roupagem Dazoropas, meteu-se em calções e bata, primeiro pediu ao físico que não deixasse Lonô morrer, depois reuniu nos lados da mesa Zóio Verde e Brianda, Frutuoso e Estrela, Januaro, Esperança, envergonhado buscou Prudença e Ana Brasila, que sentassem na cabeceira: *nunca di nunca qui si foi-se um da famia pra lugá di nunca máji... apois, cês diz cuma ai di procedê...* feito um conversê simplório e rápido (apesar de tanta tristeza ninguém estava esquecido das presepadas e brutalidades de Bastião, não maltrataram mas também não espaireceram), conversado apenas o necessário de como se fina o final dos mortos. Falou Ana Brasila o costume de sua gente – que onde por fim se desse a morada das defuntinhas para todos os sempres não se esquecesse de apor as quartinhas de água e aguardente, os aguidá de boa comida sem faltar boa porção de tabaco, Prudença não sabia ou não lembrava o proceder em suas terras de África, os nascidos e criados em Jaguarité nunca repararam que rumo se deu aos mortos da Costa, Brianda e Zóio não assistiram parente um morrer... Januaro que estudou pra padre e viveu do outro lado do maroceano em terras de Portugal explicou a moda do enterro cristão, no chão da igreja depois se colocando em cima uma lápide com o nome do enterrado. Daí mais uns dedos de prosa, a decisão: saíram

Frutuoso e Zóio Verde na procura de uma cumeada de colina ali por perto. Januaro levou Bastião pra Olaria Premera, sentaram-se na bancada de Januaro onde ele cercado de papéis, lápis, tintas e pincéis fez risco e pintura de como devera de ser a *Morada dos Defuntos.*

De princípio enterrar-se-iam as defuntinhas em uma cova profunda, deixando marcado o local com uma pedra pousada e um cruzeiro fincado. Januaro desenhou as grades que circundarão a capoeira no alto da colina vizinha ao Morro da Nascente, escolhida por Frutuoso e Zóio Verde. De imediato Bastião mandou entregar o risco ao serralheiro da Costa com recomendação de urgência na feitura dos 250 palmos de gradil e portão de duas folhas, 80 palmos por 80. E que viesse o mestre pedreiro construir a sepultura assim se finasse o enterro. Na Azulejaria Bastião entregou os desenhos de Januaro, que se fizesse com a urgência mais urgente possível: primeiro, o seis por seis d'azulejos para encimar a portada do gradil *Morada dos Defuntos*; em seguida, o tapete d'azulejos para recobrir o túmulo também por Januaro inventado desenhado: uma casinhola de duas braçadas por duas braçadas de lados e três braçadas de altura, coberta por telhas brancas vidradas em quatro águas e rebique nas ponteiras. Nem portas nem janelas, apenasmente casinhola de guardar a cova das defuntinhas, azulejos azul e branco assentados, na face voltada para o nascer do sol: a figura de Segunda tendo nos braços Quinta transmutadas em lindas crianças saudáveis na visão de Januaro — que foi por todos apoiada — cercadas de flores e querubins. Noutra face da casa-sepultura representados os amigos de Segunda: Garoupa, Xaréu,

Xangó e Miroró entre riachos e cachoeiras. A seguir dobrando a quina: desenhos que há muito Januaro já vinha fazendo e refazendo, a representação de toda a flora e toda a fauna da beira da Lagoinha. Finalmente faceados para o pôr-do-sol: azulejos mouriscos rodeando o letreiro azul sobre fundo branco:

AQUI JAZEM AS
INOCENTES INFANTAS
SEGUNDA E QUINTA
DE LONÔ BRASILA
E BASTIÃO CAVALO
SEGUNDA AOS VINTE E CINCO
ANOS DE EDADE
QUINTA AO NASCER
DEFUNTAS AO MESMO DIA
E À MESMA HORA DO ANO DE 1775

Durante seis meses Bastião metido em calções de giolho, corpo nu, calçado em tamancos, coberto por chapéu de palha perambulou da serralheria da Costa ao alto da Colina, do alto da *Morada dos Defuntos* à Azulejaria. Acompanhou de pé a carroça carreando tijolos e telhas, ajudou a colocar tijolo sobre tijolo, ajuizou a prumada dos beirais, lado a lado mais Januaro cuidou que o tapete d'azulejos casasse linha por linha de cada flor, bugio, querubim, lagarto, onça... Esqueceu por completo de Bastiana e Juraci esquecidas elas das vilacidades metidas em camisolões a canoar por riachos e ribeiras e riachinhos, a passarinhar por den'das matas a quentar sol nas beiras da nascente. Bastião ao cair de cada tarde em bem-querer mais Lonô no pra-lá e pra-cá da rede. Por mais que Bastião se apresentasse mofino, aos seus chamados o povo da Lagoinha arredio permaneceu, subindo o Morro da Nascente de quando em vez, um pouco pra fazer vontade a Zóio e Brianda mais para assuntar Lonô como passava: continuava esmorecida em sua rede, pra lááá e pra cáááá sem tomar tento que Bastião encostava ou deixava de encostar.

Fincado gradil, aprontada casinhola da cova das defuntinhas, sem dizer nem vou ali nem volto já, Bastião desceu à enseada da maré, cuidou de reunir seus homens, aprontar sua frota, embarcou e partiu no bergantim *Senhor dos Mares*.

1780

Ressabiados de andança de rumo perdido. Rumo teria a caravana quando saída lá bem debaixo do sul das terras grandes. Não destas terras de alcance de saveiros nem de canoas ou jangadas. Muito lá pra lá pra muito abaixo. Outras terras, outra gente. O rumo insano do subir e descer de montanhas, travessia de rios florestas sertões caatingas. Teria sido a procura dos rios de diamantes o rumo do bando de 188 homens, 220 alimárias (de carga montaria alimento, bestas mulas cavalos bois vacas) e 24 cachorros (mateiros e caçadores e brincadores). Caravana empunhando flâmula bordada denominada "Tremembada Diamantina". Dos encontros com nativos bravios, tremembados morreram muitos, tremembados mataram e prearam o gentio. Nos descaminhos das florestas outros tantos foram morrendo de maleita, bexiga ou gripe. Dos encontros com nativos mansos foram arrebanhando muitos e deixando com os deixados para trás: a maleita, a bexiga, a gripe (sem contar os meninos den'das barrigas de nativas estupradas). A dita matança mansa. Rio das Ondas — como outros tantos — não se passa a vau. Tentativas frustradas de construção de jangadas. A Tremembada rodeou, retornou por outras mais densas, tensas florestas. Nativos não fugidios foram morrendo de morte mansa. Pro rumo arrumado, traçado, planejado, sempre rios lhes cortando o passar. Houveram de trespassar, encontrar por onde vadear. Encontraram. Restam poucas animálias. Dos nativos que lhes mostrassem, levassem... um só, somente um não sobrou. As gripes, maleitas, bexigas a todos matou. Brancos e negros restantes pegaram de vadear crentes na facilidade do encontrado rio que quase correr nem se via, pura mansidão e transparência. Águas translúcidas, fundo claro ali a se mostrar. À parecença de dar vau, nadar nem é precisado, assim parece. Menos de dez passadas adentradas, as poucas alimárias restantes foram de uma em uma sendo sugadas engolidas pela água calma translúcida, sumindo debaixo das vistas. Os três cachorros sobrados se revoltaram revoltearam revolutearam em louco nadar até a margem da partida, coisa que homem um não conseguiu fazer, ao contrário, a cada remelexo brusco mais fácil a água bonita lhes foi sugando, chup-chup, levando para o fundo tão próximo de aparência porém de fundura de nunca mais se acabar, de nunca mais se voltar. A meia dúzia de homens que a outra margem alcançou foram aqueles que uma correnteza de frialdade desconhecida (mesmo para os degredados europeus) agarrou e arrastou por coisa de meia légua abaixo atiçando os seis em areia tão branca tão fina que mais parecia farinha do reino. Os seis se botando em pé, todos (mesmo os pretos) poeirosamente brancos somente os olhos arrombando a capa de areia branca, cobertos todos os fios de cabelo da cabeça até a ponta do dedão do pé, enfim, a meia dúzia de homens que do outro lado chegou, olhando o belo rio, assim falou *Rio Enganador*. Meia dúzia de homens abrutalhados, tresvariados. Um mocó de carga não sobrou. Restos de pouca roupa sobre o corpo: só.

Três anos antes passados, na formação da Tremembada Diamantina lá nos sules da terra grande, o tremembador arrebanhou todo tipo de gente. Aceitou que se achegasse desde padres catequéticos até assassinos afamados. Porém escolheu a dedo os chefes mateiros que foram doze. Dentre eles o branco Hernández Montañes e o negro Romão Jaqueira para comandar os outros dez. Nem mesmo eles próprios — o branco Hernández Montañes e o negro Romão Jaqueira — nem mesmo eles sabem como, nem por que, deram com os costados nas margens do Rio da Curva Grande bem quando por ali passarinhavam Bastiana Brasila e Juraci Cavalo.

Ressabiados, amofinados, franzinos sem eira nem beira, não custou força às mocetonas Bastiana mais Juraci suspender cada qual e arriar de barriga emborcada por sobre o lombo de cada uma de suas éguas, assim seguindo de vagar em vagar, cada uma puxando seu animal pelo cabresto, cada uma levando sua prenda Morro da Nascente acima. Escaveirados, pele e osso. Nada por nada que lembrasse nem por longe os dois grandes chefes mateiros o branco Hernández Montañes e o negro Romão Jaqueira. Os achaques, tremores, febres tresvariadas dos homens perduraram por dias e noites a fio. Prudença já passada dos oitentanos rosto esticado, retinto, coroado por carapinha toda alva. Ana Brasila (mais nova) tinha parecença do rosto que nem um maracujá (daqueles que se perdiam em gavetas inusitadas do Sobrado) todo encarquilhado porém sombreada de cabeleira lisa lustrosa preta. Todas duas muito ativas foram requisitadas ao Sobrado para os cuidados a cura das prendas de Bastiana e Juraci, duas mocetonas por demais de boniteza que nunca de nunca se enrabicharam por homem um, enredadas viviam entre si a mangar dos viventes da Costa, a fazer pouco do Mestre d'Azulejos, sem pisar os pés nas olarias. Na beira da praia para ver os saveiros partir ou chegar... lá não iam. Do alto do Morro da Nascente, encarapitadas na torre do Sobrado de Jaguarité, olhavam o mar lááá lááá longe, tomavam fresca, as arreliadas. No mais, comer. Fora isso, passarinhar... Desde o nascimento e morte de Quinta, quando Bastião Cavalo largou de mão para sempre ordenar a Bastiana e a Juraci ações vestes e trabalhos de homem, quando Bastião partiu de Jaguarité sem dizer um até mais — largando elas pra trás, parece que as duas esqueceram do mundo e viviam a vida só delas mesmas as duas. Prudença e Ana Brasila nas infusões, resfriamentos, raízes, folhas... só desceram deixando os homens retomados em forma de homem, convalescentes. Fracos ainda, é verdade — que as mocetonas cuidassem de suas prendas, as velhas ensinaram e determinaram. Partiram.

O Sobrado de Jaguarité já não é o mesmo. Lonô amofinada não dá ordens nem risadas, deitada numa rede, pra lááá e pra cáááá, olhar perdido. Bastião Cavalo não vem ao Sobrado abancado em sua casa de comércio, por nome Casa das Estrelas, instalada em sobrado de três pisares em esquina de grande movimento de pessoas que passam em compras e em passeios e em caminho de assistir missa e tudo mais (dizem que na esperança de fazer filho homem encheu a casa avarandada no arrabalde da Vilacidade Maior de mulheres teúdas e manteúdas, dizem também que o pau dele de raro em raro consegue se fazer valer).

As velhas desceram de passo em passo a azinhaga do Morro da Nascente, evitando a estrada calcetada. Ana Brasila escondendo uma repentina fraqueza de Prudença. Nunca de nunca vira a preta bem-querer amofinada daquele jeito. Prudença não deu ai nem ui, não queixou nem lamentou. A azinhaga, que de costume elas sempre desceram enquanto o cão esfrega o olho, parece que cresceu de lonjura, barrancos e perigos. O sol esquentando pro tempo do meio-dia, a pino. Já era tempo de em casa estarem, depois de banhadas no riacho, o de comer feito e comido, no descanso benfazejo. Ana Brasila desvia a caminhada adentrando um tanto na mata, procura bom sombreado, arria a trouxinha num pé de iroco, abre a esteira faz Prudença descansar recostada nas expostas raízes. Nem água em moringa não trazia que andada tão pequena não carece bebes nem farnéis. Só pediu que a negra bem-querer lhe ensinasse uma de suas rezas arrevesadas, *é di percisão nessa hora*, pensou. Rezou como nunca fizera, pensando nos vultos de barro (não os vultos de Frutuoso nem de Esperança, estes são apenas uma forma de gruguminho e alegrias que vêm de dentro deles, porém nos vultos pertencentes a Zóio Verde que se posta diante dos santos em ditas rezas e orações de pedidos e agradecimentos); pensando nas entidades da cabeça da negra bem-querer, sem nem bem saber a qual delas apelar sabendo não ser por Iansã que ali não era caso de raios nem trovões, muito menos Oxum que nem a beira do rio se alcançou, apelou ao pai Oxalá que a tudo e todos comanda e protege. Ana Brasila de joelhos ao lado de Prudença banha-a de lágrimas, pensamento trovejando, as mãos alisando a carapinha rosto braços pernas do bem-querer em cada alisar um fogo a lhe queimar as palmas das mãos, Prudença em esmorecimento sem igual arde em febres. Ana Brasila sofre o sofrimento de Prudença, desiste de santos vultos entidades, aninha-se ao lado da companheira. Espera.

Estrela chega afogueada em carreira carreirosa na Olaria Premera. Fora na carroça ao Sobrado buscar Mãe e Mãe conforme o acerto acertado desde o dia de anteontem, noticiada da partida das velhas (antes do romper da alva) descera de pé pela azinhaga e nada. A jandaia Corocota grasna agudo em revolteios de penas estilhaçadas por em torno de Esperança que já largou de mão barro e ferramentas (antes da estória de Estrela se acabar) e saiu de porta afora seguida (ou levada) por Xaréu, Garoupa, Xangó e Mირoró em carreira desabalada ganindo latindo chorando uivando. Frutuoso monta na égua Égua, leva Estrela na garupa manda o moleque buscar Januaro — que se encontrem todos no pé do Morro da Nascente. Não, não mandem notícia lá para o povo do Sobrado. São três caminhos de azinhaga. Por desencargo que subam os moleques pela estrada calcetada — não haverão de encontrar Mãe e Mãe por aí. Ao menos tragam a carroça de volta como quem não quer nada, descendo devagarinho, esgueirando por esconsos também eles na procura. Que por cada azinhaga caminharão: o casal montado na Égua há de ir pelo caminho velho. Januaro toma pelo chamado caminho do bugio, aquele que cruza pra lá e pra cá. Esperança mais Xaréu, Garoupa, Xangó e Miroró sobem pela azinhaga volteante. Era só o que faltava: o céu escureceu, a trovoada roncou, caiu um toró tororó. Ninguém esqueceu de levar apitos de chamar nambu, chamar-se-iam entre si assim fosse dado o encontro de Mãe e Mãe. A jandaia Corocota lá pelo meado da azinhaga volteante em suas idas e vindas da mata pro caminho e do caminho para a mata soltou gaitada igual igual às esquecidas gaitadas de Lonô. Os cachorros correram dentro. Esperança atrás. A chuva em caimento descomunal. Lamarão de garrar o pé.

Os quase nada que formavam a trouxa, Ana Brasila deu nó e mais nó, ela própria se fez de estaca, espalhou a panaria por riba acobertou Prudença. É bem verdade que de nada valeria, apenas panos a mais para encharcar. Porém a copa grande do iroco deu proteção melhor que no Sobrado estivessem. Antes mesmo de se aprochegar de todo Esperança ordenou a Corocota que buscasse o pessoal. Xaréu, Garoupa, Xangó e Miroró corressem atrás, em busca do povo da Lagoinha. Debaixo do roncador temporal, sob a azucrinação da tempestade, de nada valeu apito de chamar nambu — surdo-mudo ante o fuzuê em que o tempo se transformou.

A chuva estancou. Roncos dos trovões silenciaram. O sol vermelho e fraco da boca da noite se disputou com a lua cheia. A mata escura, as ramagens não deixam fiapo de pouca luz atravessar. Ana Brasila teima em seguir de pé, ao lado da rede amarrada no caibro levada por Januaro e o moleque da Olaria, carregando a desfalecida Prudença. Frutuoso manso, seguro: *a ota rede tá pronta, os molecões in sentido, vosmicê num segue di pé.*

Lonô saiu de seus ais e uis levantou da rede, desceu à beira da Lagoinha anunciando que mandara um Positivo embarcado em saveiro ligeiroso buscar o físico na Vilacidade Maior. Ana Brasila mofina de tal maneira não consegue lembrar de curandeirismo um que toda vida ela mais Prudença fizeram... desde a moléstia de Frutuoso já tantos e tantos anos passados, até agorinha mesmo, antes de descer a azinhaga, quando deixaram convalescentes o branco Hernández Montañes mais o preto Romão Jaqueira. Ana Brasila agarra a cabeça com as duas mãos, e em gemido quase inaudível quando a filha Estrela se aproxima – *ai fia... os trovão num si acaba?* Estrela, que tudo sabe entende e vê, gira os olhos pelo tempo já de todo clareado estiado e sente dentro de si os trovões da cabeça de Ana Brasila. Zóio Verde, mais esquentado de que o sol torrante, sabe que não deu tempo do saveiro ter chegado à Vilacidade Maior, despacha mais saveiro e cavalos e éguas, que vão à Vila do Norte, que vão à Vilacidade, que tragam o físico, aqui ninguém mais sabe o que faça.

Por já nem dar fé de si, não mais se deixou Prudença na rede, melhor lhe cuidavam asseavam remediavam, instalada no catre de colchão de macela – Januaro fez, ele mesmo sem auxílio de ninguém, um urinol de loiça baixinho que Esperança colocava por sob o derecum da avó enquanto encostava a boca nos ouvidos da velha *pchii pchiii*; Brianda mandou buscar na Costa quatro colchões: trocados duas vezes por dia, lavados no rio, secados no sol quente; Ana Brasila todo dia à mesma hora, sai de seu torpor, faz com que se carregue Prudença na rede, que se a ponha na borda do riacho e com a ajuda de Estrela banha a negra bem-querer. O catre rodeado por redes e tamboretes, Frutuoso, Estrela, Zóio Verde, Brianda, Lonô, Esperança, Januaro: enquanto uns dormem dois ou três se revezam em molhar a testa da doente, gotejar alguma infusão em sua boca, acariciar-lhe a cabeça, limpar-lhe as urinas e evacuações. Na quinta noite de febres e sofrimentos, respiração fraquinha... Prudença abre os olhos, sai-lhe um ronco das entranhas, os que estão dormindo levantam-se de salto, Brianda sente um arrepio vindo da alma. A noite silenciosa, nem piu de coruja. Clara a voz que sai da caixa dos peito de Prudença (Estrela sabe: dali não sairá coisa boa) — *quedê Bastião? Dagurinha mermo fui pertim di lugá di nunca máji... vortei promode levá Bastião maj'eu... Nego Véio diz qui é percisado*. Silenciou e partiu.

Onde andava Bastião não era sabido. No amanhecer do dia chegaram os portadores e mensageiros da Vilacidade Maior, da Vilacidade, da Vila do Norte. Cada qual trazendo um físico, cada físico voltando no mesmo rastro que chegou. Mensageiro um viu ou soube de Bastião, nem cruzou com seu bergantim — nem os de mar nem os de rio, muito menos os de cavalgada, na Casa das Estrelas o *vá lé di chambr'* a agir como dono rodeado de Positivos e Ordenanças. Ana Brasila saiu do torpor como se nada houvera acontecido. Pediu a Frutuoso a canoinha do Minino Jisu, que a colocassem no Rio da

Curva Grande perto da boca do Rio Vermelho donde a correnteza é bem forte, den'da canoinha uma anacoreta de cauim. Se disse cansada. Não, que não mandassem preparar cova na *Morada dos Defuntos*. Que colocassem Prudença na rede e que levassem a ela, Ana Brasila, mais seu bem-querer Prudença té donde mandou botar a canoinha. Não, que não era de precisão a família acompanhar, bastava um molecão levando as duas na carroça. Sim, se era de querer querendo, que fossem. Mas que fossem mais atrás.

Ana Brasila montou na canoinha. Molecão deitou o corpo de Prudença no fundo, obedeceu, empurrou té que pegasse a correnteza. Molecão foi embora levando recado: que voltassem pra casa ou apenas apreciassem, ela estava indo mais Prudença... quem sabe travesseassem rios e maroceano té a terra de donde veio Prudença? Quem sabe, de rio em rio travesseassem té o sertão donde ela mesma Ana Brasila um dia foi preada? Da cumeada acima da borda do rio, Frutuoso, Estrela, Zóio Verde, Brianda, Lonô, Esperança, Januaro acompanhados de uma meia dúzia de oleiros mais alguns velhos e mulheres da Costa apreciaram: a velha velhinha Ana Brasila tomou um golaço de cauim e deixou-se cair por sobre o corpo de Prudença.

Labaredas sobem rápidas de uma só lambida. Correnteza ricocheteia em redemoinhos. Redemoinhos se alevantam em ondas de corrupio. Corrupios giram canoa com Mãe e Mãe. Labaredas e canoa, canoa e labaredas uma só bola de fogo pairando sobre águas enlouquecidas. Cruviana bate e rebate. Tormenta se abate bate rebate alastra.

Frutuoso, Estrela, Zóio Verde, Brianda, Lonô, Esperança, Januaro, o povo da Lagoinha nunca soube dizer quanto tempo se passou. Deram fé de si, noite fechada. Chuva fina. Nem um pé de gente, nem um pé de bicho por ali por derredor. Longe, longe muito longe miados de onça jaguarité parida protegendo filhotes. Uivos ganidos de cachorros-do-mato. Pios de coruja. Bugios, sagüins, macacada: quietos. Calam-se os bichos. Roncam os trovões. Noite negra, esclarecendo de quando em quando pelos raios de Iansã, tê-tê-rê-tê-tê do machado de Xangô derrubando árvores.

No Sobrado de Jaguarité jandirás e guandirás avoejam cagando tudo. Amas criados pajens fazendo nada. Pouco se importando se foi há cinco dias ou se foi há dez, se foi há mais de um mês ou há mais de seis que a ama Lonô desceu pra Lagoinha, desde quando a velha desfaleceu. Se a velha está viva ou morta não importa a Bastiana, muito menos a Juraci. Importa a uma e outra que as velhas deixaram as prendas em bom estado. Precisado não foi aluá ou infusões, nem mezinhas recomendadas para a saúde das prendas. *Conversê de velha...* dizia uma e outra às gargalhadas correndo picula pelo Sobrado atrás dos cacetões de suas prendas. Tanto fazia quem era quem. Tocheiras rolaram pelo chão as duas mocetonas em corrupio, tocheiras centro do roda-pião. No pega-pega esconde-esconde quebraram louças, derrubaram guarda-comida, furaram as palhinhas de cadeiras e bancos. Comida, muita comida é só o que exigiam. Se os criados varriam ou deixavam de varrer a casa pouco se lhes dava. Goteiras pingaram pingando escorrendo por sobre a pintura em perspectiva de cores alegres e vivas do forro: desbotando-a de começo, arrebentando-lhe as peças por depois, expondo por fim as tesouras do telhado onde se penduram jandirás e guandirás em seu dormir. O cagador sem ninguém que lhe jogasse um balde d'água tava que era uma merda só por todo o quartinho. Cocores e mijadas atiçados pela janela, penicos asquerosos e fedorosos por todos os cantos do Sobrado.

O negro Romão Jaqueira deu de ficar somente com a indiazinha Bastiana, quando um dia o dia clareou por cima da tempestade, pegou ela pela mão assuntou em volta disse isto aqui não é uma casa é um chiqueiro. Perguntou pelas velhas que lhe trouxeram a saúde de volta. Perguntou cadê a mãe dela, cadê a parentela. Contou que trasontonte não achou de comer foi no canto da rede das velhas procurar por elas, encontrou uma cabaça, uma moringa, duas anacoretas e durante os últimos três dias foi tomando as garapas e beberagens que den'dos recipientes encontrou. Foi sentindo dentro de suas carnes tudo por tudo diferençado. Foi vendo que tinha dia e tinha noite, pois até então desde a chegada, pra ele foi tudo noite. Romão Jaqueira pegou Bastiana pela mão disse *é precisado encontrar as velhas*.

Os criados de todo debandados quando Juraci mais Hernández Montañes deram fé que um dia o dia clareou por cima da tempestade e se viram sozinhos no Sobrado. As janelas batendo... batendo... debaixo da ventania. Não encontraram um beiju ao menos para comer. Nada de nada. Nem carne-seca, nem feijão cru pra cozinhar. Nem mesmo uma moringa d'água. Tudo sujo, móveis caídos pelo chão... pratos quebrados... penicos asquerosos. Todas as janelas abertas de par em par batendo... batendo... com a ventania. Só a alcova fechada. Hernández Montañes meteu o pé, arrombou, entrou. Por minutos (segundos?) sentiram um cheirinho bom de coisa limpa, antes que a ventania espalhasse a fedentina. Juraci entesou, não aceitou ser jogada imunda daquele jeito na cama limpa de Lonô, cheirando a patchuli. Sem dizer piu, abriu as arcas, tirou camisolo limpo para si e para o homem. Levou ele para a nascente. Depois de bem banhada recusou-se voltar ao Sobrado. Que ele voltasse fizesse uma trouxa de roupas para ele e para ela, pelo visto era só o que ainda prestava lá em cima no Sobrado. Pensando melhor chamou o homem perguntou o nome dele disse chamar-se Juraci ele disse *já sei* ela segredou-lhe ao ouvido *procuras em todos os aposentos, camarinhas... procuras den'de cômodas, arcazes... hás de encontrar patacas de ouro, voltas a buscar-me, quero ir para a cidade: estudei, sabias?*

Januaro: olhos fundos, barbas longas, pernas pesadas — nem quer pousar na Lagoinha. Não sabe se foi ontem nem se foi o mês passado a morte de Prudença, quer ver a Olaria Premera a quantas anda. Os meninotes aprendizes trabalhando atrás de um monte de vultos sem rosto esperam Esperança para os acabamentos, ensinamentos, ordens. O Primeiro Aprendiz dá conta de que todas as encomendas prontas já foram levadas pelo Saveiro Sete, *as tinta di vosmicê tão por riba das emportança qui viero, os papé das encomenda tão in riba dos risco di vosmicê, a preda tá sigurano pro vento num arribá. Num sinhô, num truchero nutiça di siô Bastião, num sinhô. De agora vosmicê vai ispiá Cais di Savero, tá os savero tudo aportado fartano somente só Savero Quato, o povo diz qui foi simbora carregano um bando di criado do Sobrado máji oto bando d'Azulejaria, diz qui debandou tudo promode diz qui tem moléstia no Sobrado, moléstia dos home preado no mato.*

Estrela e Brianda na limpeza (costumam queimar pedras cheirosas no incensador de barro correndo os quatro cantos da casa) e nos de comer na beira da Lagoinha, Esperança cuida de Lonô, Frutuoso cafanga mais Zóio Verde de como tudo mudou desde a ganância por patacas de ouro, compras e vendas. Frutuoso chora a saudade da Mãe. Frutuoso chora a saudade de Mãe e Mãe. Não quer cutucar o amigo com vara curta, mas quer carece precisa falar do falar de Prudença na hora da partida pra lugar de nunca mais. Sabe o que é perder um filho — que nunca filho nenhum seu morreu de morte morrida vista e enterrada porém Gaudenço sumira, não sumira? O filho que Zóio Verde perdeu não conta, foi embora antes mesmo de nascer. Perdeu um neto é verdade, porém Lorenço é neto dele mesmo também. Esse, que se saiba, não morreu... Sendo assim, Gaudenço também ninguém sabe. São coisas e loisas e ditos... Tá escrito, diz o povo de Portugal. Frutuoso quer falar de Bastião. Nem é mesmo falar de Bastião que ele quer. Quer carece precisa falar do falar de Prudença na hora da partida pra lugar de nunca mais. Seu amigo Zóio Verde tão ali, tão junto, como se afastado não estivesse desde os tempos da dinheirama. *Apois tá certo... havera mermo di tá do lado do fio.* Bastião virou outro... donde andará Bastião? E Lonô, tadinha, sofreu pouco por conta de Bastião? Frutuoso não quer cutucar o amigo com vara curta, mas quer carece precisa falar do falar de Prudença na hora da partida pra lugar de nunca mais. Quando está nesta inana de pensamentos por demais de vexatórios já sem nem enxergar se Zóio tá mesmo ali em sua frente nem se foi embora assenta lado de lado com eles Brianda, Estrela se acocora vai falando — *apois pessoá vamo percurá donde si incronta o encanto, donde qui tá o fitiço.*

Hernández Montañes revira o Sobrado à procura do aproveitável. Juraci assovia para as parelhas de cavalos, limpa a caleche, atrela os animais. O branco desce as escadas do Sobrado engalanado vestindo trajes Dazoropas. Alforjes entupidos de patacas pesam-lhe nos ombros. Atados, arrastados: baús de couro de bode lotados de roupas e jóias das arcas de Lonô e Bastião. Sentada imponente no banco da caleche, forrado de veludo carmesim com brocados dourados (sujos de cocô de jandirás é verdade), espera-o Juraci alvarinha, branca descascada, dos olhos verdes iguais aos do pai e do avô, vestida em camisolo de linho branco a desenhar-lhe as formas, vastos empinados peitos.

Em andadas pelas terras de Jaguarité, o chefe mateiro Hernández Montañes atento e ganancioso à visão de estradas calcetadas, azulejaria, olarias, mangas de gado, plantações... Juraci falante. Conta das andanças mais o pai, professores contratados a acompanhá-los, ensinar-lhes leituras contas — *tudo que aqui vês... hás de mais ver na Vilacidade, na Vila do Norte e na Vilacidade Maior... tudo que aqui vês? Titica! Hás de ver os haveres e poderes de Bastião Cavalo. Tudo que aqui vês... é de ninguém. Nas Casas de Tombo das vilas e cidades, aí sim... tudo assentado. Pai tudo de tudo aprendeu na vida, porém ler e escrever: jamais. Nem tudo de tudo não quis me ver saber. Quis a mim na leitura, nas escritas, nas contas. Porém às ordens do grande negro de olho verde Bastião Cavalo.*

No cais da enseada Juraci ordena aprontamento de saveiro, criadagem, marinheiragem, mantimentos, e mais um saveiro com toda carga de encomendas que ainda restem a entregar. Na frescorola boa trazida pela maré, sob o telheiro de Brianda segue Juraci a prosear mais o branco Hernández Montañes.

Aprendi todas as lições dos professores contratados leitura escrita piano valsas contas. Aprendi mais do que Pai não quis me ensinar e me escondeu. Nos tempos em que andamos de cidade em cidade a assentar os poderes e haveres de Bastião Cavalo em as Casas de Tombo eu logo compreendi que nada houvera de sobrar para um de nós da família sequer, pois nem família existia nas escritas do pai. O negro ditando, o escrivão escrevendo, eu lendo para o negro aprovar: "Bastião Cavalo, pardo livre, filho de pais ignorados, pai de filhos perdidos" assim começava cada assentamento. Em menos da metade do cumprimento do trabalho, toda confiança ele me tinha, pai deu de se entreter mais os companheiros nas tascas e palácios nos negócios e nos divertimentos me despachando a mim e mais a mana Bastiana para cuidar dos assentamentos. Distrair e enganar Bastiana para mim sempre foi o natural. Nada de nada a boba se apercebeu, nunca. Na hora aprazada pai chegava garboso eu lia: "Bastião Cavalo pardo livre, filho de pais ignorados, pai de filhos perdidos." Porém as patacas eu já rolara para dentro da bolsa do notário... tá lá assentado: "Juraci de Jaguarité, branco, celibatário, filho de pai desconhecido e de mãe falecida..."

Ao levantar âncoras dos saveiros, sem contratado um que contraditasse as ordens de Juraci — já elegantemente vestido em trajes alfaiatados, grosso colete brocado a lhe apertar esconder os vastos peitos, sapatos de fivela de prata, chapéu — o branco Hernández Montañes é sabedor que dali por diante poderá ser um homem rico mas é incapaz de imaginar, por mais que encafife e esquente os miolos, como viverá nas cidades, diante da chamada sociedade: extravasante de amor por um homem — enfim, pensa Hernández, *salve los mistérios de la naturaleza, nascer la blanca en medio de los nativos y de los negros... blancos más blancos si entienden, lo todo que se resuelva.*

Romão Jaqueira mais Bastiana descem beirando a estrada calcetada até a passagem da ribeira, quase frente com frente com a Olaria Premera. Ali deitaram na areia fina branquinha den'd'água transparente. Ali foram encontrados adormecidos.

Embaixo do pé de iroco na beira da Lagoinha arrumaram tamboretes, estenderam esteiras, armaram redes. Xaréu, Xangó, Garoupa e Miroró rondando ronronando (mais parecendo gatos a se alisar na perna de um nas costas de outro), Corocota (esta) que nem conheceu as gaitadas de Lonô avoeja baixo pra lááá e pra cáááá em ais e uis igual igual aos de Lonô e cada qual se agasalhou à sua moda: Estrela sentada em um tamborete — Frutuoso no chão braçado nas pernas dela, Zóio Verde mais Brianda empertigados sentados em um tamborete grande, Lonô na rede, Januaro recostado em um lado de raiz do pé de iroco, Esperança — no luxo que se dá, do outro lado, refestelada em sua cadeira preguiçosa de jacarandá com assento de palhinha, Bastiana mais Romão Jaqueira agarrados acocorados em uma esteira. De manso sem ranço em velsar e revelsar todos ficam de acordo que ao Morro da Nascente nenhum deles jamais subirá, adentrar ao Sobrado então nem pensar. Nascente é o que não falta por tantas terras de Jaguarité. Deixarão o mato fechar os caminhos das azinhagas, desmancharão o começo da subida da estrada calcetada deixando assim o mato fechar também este caminho. Esquecerão que um dia existiu o Sobrado de Jaguarité; a chuva, os maus-tratos dos ventos, cuidarão de destelhar, acabar com o que precisado for de se acabar.

Não mais vieram às terras de Jaguarité nem Positivos nem Ordenanças. O cais da enseada da maré foi destruído por si só, por falta de uso ou cuidados. Na Azulejaria trabalha-se em outro ritmo, mais lento, apenas uma família sob os cuidados de Januaro, dois terços dos fornos e fôrmas desativados. Há muito o português Mestre d'Azulejos partira, fora embora mais Bastião naquele dia de sem até mais ou até depois — pois depois não haveria como se veio a ver com o passar do tempo. Romão Jaqueira cuida do gado, parte com tropas de burro, retorna com vacas. A Olaria Jaguarité desmontada: tudo de proveitoso e aproveitável foi carregado pelos antigos contratados para que montassem sua Olaria em terras da Costa-Abaixo tudo conforme determinou Frutuoso determinando que eles fizessem novo cais em enseada mais abaixo procurassem seus caminhos suas melhoras. No barracão restado da Olaria Jaguarité instalou-se Zóio Verde — que se ele mesmo já não pegava em ferramentas para torar nem escavar os paus sempre contava com uns dois moleques da Costa a lhe dar adjutório, tão poucas canoas a fazer... a última que ele mesmo fez talho a talho, canoa de remo e vela, foi para Januaro que de meses em meses, acompanhado de um ajudante, desce o Riacho do Dendê pega o Rio da Curva Grande até o Golfo que no dizer de Januaro é todo, todinho mesmo quase igual à cidade onde ele estudou em Portugal, e que no dizer do povo da Lagoinha aonde as lembranças passam e trespassam é dita a terra de Zóio Verde.

A vida corre mansa na beira da Lagoinha. Pequenas e esparsas casas caiadas, a de Frutuoso mais Estrela com Esperança, Januaro, Lonô. A antiga casa de Brianda teve paredes postas abaixo outras tantas levantadas sendo agora teto de Bastiana Brasila mais Romão Jaqueira, enquanto Brianda mais Zóio Verde — a pedido de Frutuoso — vieram morar numa casinha levantada junto pertinho da dele. Lá para adiante chegando pro Riacho do Dendê, Januaro fez uma casita cercada de amplos beirais (onde se retira a ler grossos pesados livros vindos de

Portugal Espanha e França e no tempo da lua cheia recebe durante três dias visita de belíssima negra vivente da Costa – lá, na Costa, Januaro construiu casa de porta e janela onde ela vive mais os filhos, não dele Januaro, filhos estuprados nela no tempo de escrava na Vilacidade; lá, na Costa, a negra Felipa viveria no bem-bom pois de tudo por tudo Januaro lhe dá, lhe propicia, porém Felipa não é nem nunca foi uma esmorecida, todo santo dia (tirante os três que passa mais Januaro) se veste em ampla saia de chitão colorido muito rodada por sobre sete anáguas engomadas com goma de carimã, bata rendada branca, torso, colares, chinelinha chec-chec lá vai ela rebolando as fartas ancas, de casa até a praça da igreja, seguida de seus três meninos cada qual com balaio na cabeça carregando os teréns: arria tamborete, arma cruzeta assentando nela rico tabuleiro de jacarandá de bordas torneadas, forra com verdes folhas de bananeira, coloca dentro dele um aguidá de camarão seco com dendê, uma peroleira repleta de molho de pimenta, prepara o fogareiro de barro, faz pegar o fogo sob grande tacho cheio de dendê uma cebola boiando. Senta no tamborete, panelão entre as pernas, imensa colher de pau vai batendo batendo massa de feijão-fradinho pilado té quando o dendê frivia, pega os bocadinhos de massa e tichibum delicadamente vai arriando os acarajé na fervura. O povo da Costa vem chegando e comprando acarajés por preços cômodos e já lá se foram seus três meninos cada qual com seu tabuleiro de cocadas e amodas vender de porta em porta pelas muitas ruas e becos da Costa, tudo de grande e boa aceitação (Januaro já avisou que esta mercancia há de acabar-se pois os meninos, danados de sabidos com o pouco ensinado por Januaro, já safam leitura e escrita, vão ser mandados para o Colégio dos Frades no Golfo).

(1782)

Diferentemente dos grandes acontecimentos de Jaguarité, acontecidos debaixo de chuvas raios trovões trovoadas, o tempo está seco — riachos secos, rios baixos, nascentes em pedras — o sol a pino, quando atraca no Cais do Porto da Costa a *Nau Catarineta de Juraci de Jaguarité* e sói de acontecer naquelas bandas, as coisas vêm grudadas engrudadas uma noutra: Romão Jaqueira, retornando de viagem de tropas de burros e outras alimárias, apeando no pé de iroco, ao adentrar em casa de Estrela — com quem deixou sua índia de barriga esperando menino —, já escuta o suspiro de Bastiana *ai qui dô maj'isquicida...* aprochega no quartinho tirado de tudo nem catre nem tamborete, escurecido, fifó dependurado na cruzeta da cobertura das palhas alumia de pouco pra não assustar o pequenino, bacias e panos já se foram, chão barrido somente esteira no centro moringa d'água de lado, Estrela foi quem aparou o bruguelo, Estrela foi quem pôs nas mãos de Romão Jaqueira o filho dele acabado de nascer (as velhas Ana Brasila e Prudença há muito já partiram pra lugar de nunca mais, Lonô não arreda do alpendre em sua rede pra lááá e pra cáááá) o povo da Lagoinha em grande alegria (menos Estrela sempre abespinhada ao nascer de primeiro filho homem das mulheres da família) ao derredor: Brianda chegou trazendo aquela seda azul (vinda por um acaso em meio às cestas de carne-do-sertão nos tempos de antanho — e agora quase em fiapos), Zóio Verde traz o vurto do Menino Jesu pede uma cumbuca com água e uma tilisca de sal, manda que todo mundo se chegue pra perto — explica a Bastiana e Romão Jaqueira como aprendeu com os padres, que diga quem ai de carregar o menino — manda os escolhidos Januaro e Esperança carregar o bitelão acabado de nascer coloca a seda azul por em volta do pescoço e tudo como nunca esquecera, batiza o primeiro filho de Bastiana Brasila e Romão Jaqueira em nome do Pai, do Menino Jesu e do Espírito Santo. Brianda responde: *Oxalá ai di cuidiá por todos os sempres.* É quando Frutuoso dá alarme de galope que se aproxima, nem dando tempo de se tomar tento, já apeia no alpendre molecão portador de alvíssaras trazidas da *Nau Catarineta* fundeada no Cais do Porto da Costa donde desembarcara mensageiro entregando-lhe missiva com ordens de que para cá a trouxesse como de fato trouxera à procura das mãos de Bastiana a quem devera entregar. Den'de casa a parida não fez gesto um de interessar-se por missiva nem carta nem papel — *não quero notícia uma da ingrata mana Juraci*; Esperança — aos pedidos de Zóio Verde e Brianda — não deu alento nem atendeu aos rogos de pai nem mãe encafifou-se saiu de fininho pela porta afora de maneiras que jeito não houve para Januaro (incapaz de recusar-se a desejo qualquer da mãe Estrela): tomou do papel, leu, amuou, andou pra lá e pra cá — sob os pares de olhos a perscrutar — até em bom som falar contar que Juraci anunciava chegada exigia carruagens e séquitos a buscá-la no Cais do Porto banquete no Sobrado de Jaguarité alcova perfumada para sua recepção e estadia; dizia mais, em *post-scriptum* secretíssimo para Bastiana – porém do qual ela não fez caso de ler em particular logo autorizando Januaro continuasse –, que pelas contas que ela, Juraci, fizera, já devera de ter nascido menino de Bastiana sendo o motivo principal da viagem levá-lo, segundamente proceder apuramentos de coisas e loisas e haveres e poderes existentes em Jaguarité para tudo Juraci industriar e comandar mercanciar. Januaro convenceu Bastiana escrever a seu ditar para melhor convencimento de resposta à endiabrada Juraci: *Minha Boa Mana... – mió começá di novo* veio adentrando e dizendo Esperança chegada tão de fininho quanto saíra, *– di máji astuça chamá a desaventurada do jeitio qui gosta: Meu Bom Mano.*

Meu Bom Mano Juraci
Boas Tardes
Alegria reina em Jaguarité com a boa alvíssara da chegada de vosmicê e vossa gente. Para bem receberdes a vós todos, o que pedis é pouco porque muito mais mereceis, apenasmente vos pedimos dois dias para as matanças e pescarias, para os brilhos no Sobrado.
Desde entonces acredito na paciência de vosmicê e vossa gente quedados nos esperai em o cabo de treis dias.
De quem vos estima e considera por demais
A mana
Bastiana
Em o Sobrado de Jaguarité aos vinte e treis dias do mês de abril de 1782

Durante duas noites (fachos enfiados por toda a beira da Lagoinha) e dois dias corre um labor sem igual: arrumações de carroças, carros de boi, canoas e alimárias para encetar a viagem para o sertão. Ao anoitecer do segundo dia deu-se a partida.

Ao esclarecer o dia combinado Juraci e sua gente engalanados na proa da nau perscrutam a chegada do esperado séquito, Juraci irado caiu em si não teve tempo para achaques nem cismas, desembarcou montou no seu já desembarcado e arriado cavalo árabe partiu em carreira desabalada seguido do ajudante-de-ordens e do branco Hernández Montañes no rumo da Lagoinha, gritava e galopava, galopava e gritava *fui enganado cambada de desassuntados filhos de uma égua hão de se ver, hão de ver com quantos paus se faz uma canoa*. Gritos e carreiras de nada adiantaram, ao estancar na Lagoinha nem quentura de fogão encontraram. Houveram por bem sentar abrandar acalmar – tarefa árdua para Juraci nestas horas de sangue quente – para melhor idéia de vingança vingar.

O zunzunzum de quintal a quintal, de beco em beco, portas e janelas, rodando a praça, dava conta do que ia se sucedendo. Ao cair da tarde na beira de seu fogareiro fritando acarajés Felipa é de tudo sabedora (de noite despacha seus três meninos que vão pelas veredas mais escondidas até a casa de Januaro).

Pensado dito e feito. Juraci reuniu os homens de maior confiança e já tomado de toda calma, fazendo da Lagoinha o centro, determinou seis caminhos a serem seguidos por terra, rios e mar. Cada grupo formado por seis homens e uma mulher de leite. Não, quem encontrasse os fugitivos nada fizesse a pessoas nenhuma nem se deixasse ser visto apenasmente bem acoitado ficasse até hora mais que propícia e surrupiasse o menino de Bastiana. O chefe de grupo voltaria direto pelo caminho mais curto até a *Nau Catarineta*, acompanhado da ama-de-leite trazendo o menino nascido enquanto os demais cinco homens iriam aos outros combinados cinco roteiros traçados por Juraci e Hernández Montañes anunciar o retorno da missão já de todo acabada.

Os meninos de Felipa encontram a casa de Januaro limpa de todos pertences, nem livro ficou. Apenasmente mesa, catre, tamboretes... Na mesinha pequena do alpendre donde Januaro costumava lhes ensinar a ler: o fifó, as penas, o tinteiro, a cartilha, os três cadernos de caligrafia... na última página do último caderno bem desenhado: *Meninos, cuidem de vossa Mãe. Voltarei.*

A jornada do povo da Lagoinha segue sem maiores sobressaltos no rumo do sertão. Vão as tropas de alimárias aboiadas por Romão Jaqueira, vaqueiros e mateiros. Vão tropeiros, carroceiros e carroças com teréns tentando seguir os rios por onde viajam em canoas de velas e remos: Zóio Verde, Brianda, Frutuoso, Estrela, Lonô, Esperança, Januaro, Bastiana mais o menino de colo. Na hora prima já estão acampados retornando o viajar ao romper da alva. Nos dias de viagem em que o rio vai manso entre margens aplainadas o povo da Lagoinha desce das canoas estica as pernas seguindo a jornada de a pés em terra firme. Em outros e muitos dias, alcantilados das bordas fazem os tropeiros viajar em volteios terra adentro. Gente da terra e gente das águas sem poder se avistar. O capataz, uns dois ou três molecões e mais um tanto de homens fortes, grosseiros, vêm sempre por derradeiro guiando os vagarosos carros de boi. Quase completando um mês de viagem é de necessidade o povo da Lagoinha estancar, ver modos de trastejar as canoas arribando elas do rio pra transporte den'das terras de sem águas até o encontrar de novos rios. Hão de alguns agasalhar por ali à espera da chegada dos carros de boi que melhor carrearão as canoas. Lonô esmorecida mais que nunca vem vindo male e male deitada em canoa. O menino de colo viaja bem não parece que está a viajar, sereno vai mamando e cagando... Aos estremecimentos das primeiras léguas na carroça Lonô entra em altas febres de tresvarios. Se há de parar por aqui, nesta mata fechada sem água, Frutuoso avalia melhor retornar à beira do rio donde Januaro mais os outros esperam os carros de boi. Uma rede estendida em caibro apoiado nos ombros de dois homens leva Lonô maciamente melhor do que os toloc-tchenc-tchenc da carroça pelas picadas tortuosas da mata. Lonô acomodada na rede até o reencontro onde Januaro mais os homens permanecem agasalhados (Januaro cuidou de armar três acomodações de pau e palhas, e trempes de cozinhar, e gamboa na beira do rio pra ir pegando bons peixinhos). Lá para o terceiro dia de ali aposentados naquela beirada de rio, sem que haja infusões de Estrela nem mezinhas de Brianda que dêem ânimo a Lonô, enquanto o menino no bem-bom (que mal vai a ele?) dorme na redinha (trançada por Estrela) marrada em dois pés de pitanga, Lonô vai se finando demorada e mansamente sem estertores nem estremecimentos. A vida de Lonô vai se esvaindo diante de Zóio Verde, Brianda, Frutuoso, Estrela, Esperança, Januaro, Bastiana té quando se abre leve sorriso em boca de Lonô e soa seu último suspiro.

Sem desesperos. Sem lágrimas nos olhos dos tresnoitados viandantes.

Os homens vão cuidar da cova pra enterrar Lonô.

As mulheres vão cuidar da nova vida que está ali na redinha embaixo das pitangueiras, é quando então caem os porrões de lágrimas, alevantam-se os gritos de desespero: no lugar do menino, den'da redinha uma pedra, embaixo da pedra o papel. No papel a escrita com a rebuscada e inconfundível caligrafia de Juraci de Jaguarité:

Meu Bom Mano, uma ova!
Nem bons dias nem boas tardes.
Confiei em ti, desalmada Bastiana e tu me trapaceaste.
Nunca de nunca verás o menino que ora os homens trazem a mim. Hei de criar o menino contra vós todos.
Bilhete escrito em esta terra desgraçada da beira da Lagoinha em onde espero o retorno de meus homens de confiança com ordens expressas de trazer a mim o menino.
Deixo convosco a minha maldição para todos os sempres.
Nem cordial, nem atenciosamente.
Assinado: Juraci de Jaguarité

VALE & VILA

VILA & VALE

1782

Morta Lonô, desaparecido (roubado) menino de Bastiana. O povo da Lagoinha em fuga agasalhado nas beiras de um riacho perdido no mundão: homens e mulheres cabisbaixos em desaventura inaudita lutando com a vida, pelejando para não ensandecer para todos os sempres.

Dez dias ali se detiveram. Assim. Ali. Pasmaceados. Os tropeiros num pé e noutro. A eles tropeiros — contratados sem eira nem beira — falta entendimento do porquê de uma tropa assim se deter, falta entendimento de por que uma boiada não seguir seu caminho que é de si a uma tropa caminhar. Romão Jaqueira quase a perder o controle de seus homens, suas alimárias muares, cavalares, bovinas.

É a décima noite da pasmaceira. Noite de muita frialdade, ao lume e calor de fogueira, Estrela encarapitada sobre a pedra mais grande de quantas por ali as há reúne sua gente. Frutuoso ao lado dela, Estrela; nas esteiras mais embaixo Zóio Verde e Brianda; estendida numa rede em grandes prantos e choros está Bastiana amparada por Romão Jaqueira; encostado num pé de árvore Januaro consola a irmã Esperança inconformada de tamanhos desatinos desassossegos e desalentos que lhes vêm seguidamente alcançando. Xangó, Xaréu, Miroró e Garoupa quentando no pé do fogo: um levanta as orelhas; outro se põe de pé com o rabo estirado seqüenciando o corpo pata dianteira em dobra avançativa; o terceiro deitado de banda como nada estivesse ouvindo nem sentindo bate o rabo compassado fazendo toc-toc na terra; o quarto cachorro solta aos ares um uivo ruinoso. Estrela falando pra cada um dos caninos: *tumém já iscuitei, Xangó; tumém eu viu, Xaréu; é di paz, eu seio, Miroró; o di guerra já si foi-se, Garoupa! Entonces, gentes...* fala Estrela se dirigindo a cada qual e a todos os humanos em derredor *nóis vai sirigui in jornada té o sertão té as beirada di rio di munta grandeza i fundura i mansidão qui trevessa terras boa di criá boiada.*

Para que a viagem mais ligeiro se faça cada grupo d'agora por diante vai seguir na força da andada que cada qual leve em si (todos seguindo o rumo orientado por Estrela que estipulou mais quantas de léguas abaixo e outras tantas e muito mais para o poente sempre sempre para poente até o vale verdejante aberto entre serras cobertas de matas de uma banda e na outra banda pedras e chapadões). Que se abandonasse as canoas (continuar com elas nos carros de boi será atraso de vida — novas canoas Zóio cuidará do fabrico, se necessário for, quando enfim se agasalharem em estadia definitiva). Os carros de boi acarretando ferramentas, catres e tamboretes e mesas, instrumentos da casa de farinha e da olaria... homens a facões foices machados enlarguecendo estrada das boiadas que à frente dos carros de boi haveria de marchar. Pois que os carros de boi na manemolência de sua necessidade de larguezas e pesos seguiria em retaguarda carreando os teréns de Jaguarité. Com as boiadas e mais os tropeiros e tropas de alimárias cavalares e muares é a jornada de Bastiana mais o homem dela Romão Jaqueira.

Lá vão Frutuoso, Estrela, Januaro, Esperança, Zóio Verde e Brianda na vanguarda montados em éguas, acompanhados de um mateiro alguns capangas e seis burros com a carga necessária à jornada de travessia das caatingas. Xangó, Xaréu, Miroró e Garoupa andam em círculos, botam a língua pra fora cheios de cansaço, Esperança rearruma cargas liberando duas cangalhas onde vai botando um e outro a descansar do caminhar a grande pressa.

O vale. Na banda do nascente a serra recoberta de fermosa mata vai circundando até se dar com a pedraria (já do lado do poente): morros, morrotes, colinas — de matos ralos a brotar em frestas de pedras — a se perder de vistas, em chapadões. Grosso caudaloso largo profundo (manso) rio divide o vale ao meio. Em meio à pedraria poucas mirradas perdidas nascentes (não se transformam em ribeirinhos: pequenos córregos, às vezes nem correm, uma poça aqui um pocinho acolá). Macacos daqui diferençados dos de lá, onças-pintadas (não jaguarités), florquídeas outras cores outros galhos. Borboletas, passarinhos, planta, bicho, terra... Tudo por tudo desigual. Estanca o povo da Lagoinha ao avistar baciazinha espraiada fronteando aldeia na cabeceira do vale.

Se de princípio Januaro chegou acovardar-se na falta de entendimento nos falares mais a gente da aldeia, Estrela a um olhar acalmou um pasmado Januaro em tudo e por tudo desentendido preciando mãe a prosear com quem parecia ser chefe daquela aldeia. Toda a gente do lugar em círculo no terreiro a entender e aprovar.

Estrela fez com que o grupo andasse um pouco para mais abaixo depois da curva do Rio Araguarê (que assim era chamado) e donde o vale ainda mais se abre em terras planas de se perder de vistas pro diante. Para os lados montanhas, colinas, pedras cada vez mais distantes no abertão sem fim. Que ali ficarão gasalhados para toda vida (se querem). Que o povo do Araguarê só tem de seu poucas coisas e loisas (raros utensílios de barro, pequenas e leves canoas de remo, tapiti de fazer farinha), dorme toda a gente reunida em uma larga e muito longa palhoça. Caça (nambu paca tatu cutia capivara anta) e pesca (dourado, pintado, surubim) é do que se alimenta (ralas plantações de mandioca e milho), plantas nativas vividas por si cagadas dos passarinhos pitanga araçá banana caju cajá e quantas mais há. Que sentassem todos reunidos e apreciassem o vale, melhor terra não haveria para se criar boiadas. Que olhassem o rio... vai falando Estrela *máji estiage qui chegue i máji chuva qui num chegue, rio qui tá cá debaixo das vista, rio qui tá banhano os pé di eu di tu i máji tu, Rio Araguarê num pára di corrê.*

Donde vem o Rio Araguarê nem o gentio que vive na baciazinha espraiada nunca de nunca procurou nem quis (ou não pode nem deve) ir rio acima. Por conta do que, fez parte dos acertos de Morubixaba mais Estrela que a gente dela podia aposentar no vale, pra todos sempres que quisesse, porém rio arriba: nunca. No entender do gentio: de riba, de donde a água vem, pessoas nem uma pode querer nem se atrever querer de ir porque de arriba não vem somente só as águas; de arriba vem a vida, arriba moram os tupãs que não havera de ser molestados; no lá e de lá os tupãs decidem e dominam sol e lua, chuvas e secas, noite e dia, fartura (ou falta) de caça e pesca, planta de comer e de matar, bichos bons e bichos ruins, menino que nasce, velho que morre...

O rio se escorre abaixo, informa Morubixaba, mas seu gentio nunca desce além do Guerê donde conselha que a gente nova se agasalhe. Que o gentio vivente da baciazinha espraiada do vale do Araguarê dali nunca ninguém partiu, só chegou — os que chegaram já não existem e os que vivem, todos nascidos ali, ali vivem sem precisão de ir nem de vir de lugares alguns, ali vivem a comer de suas caças e plantações a beber de seu rio e suas infusões. Que o gentio vivente da baciazinha espraiada todo sabe, de se contar dos avós de avós, que descendo o Rio Araguarê vai desaguar na água grande que não se bebe nem se banha na borda donde existe vivente de toda cor de todo jeito parecença com a gente nova chegada.

Januaro andou pela beira do rio e pelo descampado – dito Guerê. Determinou que se levantasse duas casas de sopapo mais duas ou três palhoças provisórias que os agasalhasse pelo tempo de espera das tropas de burros e boiadas mais Bastiana e Romão Jaqueira até chegada do grosso dos teréns e dos homens a chegar com os carros de boi. Estimou as casas que se construiriam com as muitas e boas pedras existentes em toda a região. E continuou, acompanhado de Frutuoso mais Zóio Verde por dias e mais dias a marcar cantos e recantos. Assentou-se mais Esperança com pincéis papéis e tintas, traçou a vila donde haveriam de viver e labutar: um largo de costas para a mata (onde em volta já estavam as sopapadas), saindo uma ruela para a esquerda e outra para a direita, uma rua mais larga fronteira do largo levando direto até o traçado cais a meia légua de distância. Pela beirada do rio abaixo descendo légua e meia, pouco mais ou menos, em local bastante apropriado marcou donde seria a ribeira de Zóio construir canoas (quem sabe, no futuro, construir-se-iam barcas barcaças saveiros?). Januaro se esmerou na procura de barreiro bom donde far-se-iam telheiro com forno e bancada para a criação dos vurtos de barro de Frutuoso mais Esperança. Demarcou o roçado de mandioca e milharal mais a casa de farinha. Frutuoso permitiu e na cabeceira do Largo foi onde se iniciaram as construções, levantando sob as ordens de Zóio Verde a Capela do Menino Jesus.

Pelas contas, controles e anotações de Januaro amanhece o dia 23 de abril de 1783, um ano justo passado dos inícios da fuga; um ano justo passado em jornadas, intempéries, prantos e choros, gravíssimas fomes e desaventuras, um ano justo passado quando é escutado um tropel que é vem vindo. Chegaram as tropas, tropeiros, carros de boi, homens, mulheres. Chegou o negro Romão Jaqueira cuidando de sua mulher Bastiana (de menino prenunciado na barriga). Januaro anuncia que viaja à Costa em busca de Felipa e dos meninos Rio Araguarê abaixo até o maroceano onde se encontra a Cidade Grande na embocadura, contratará saveiro, Mestre Saveirista, marinheiros – estará ao sul do Golfo e no seu rumo subirá até a Costa.

Deu-se que nas sopapadas casinholas levantadas o povo vindo da Lagoinha foi se acomodando, puxando alpendres, construindo fogões de lenha, melhorando o reboco e o entraçado das palhas de cobertura... ninguém mais falou em levantar olarias grandes nem cozinhar tijolos nem telhas. Por ali mesmo instalaram os teréns foram vivendo. Januaro se esmerou em fazer um alpendre na beirada do barreiro com duas bancadas e um pequeno forno para Frutuoso e Esperança fazerem seus vurtos de barro (em vão...), em tempo Januaro desistiu das instalações da ribeira de fabrico de canoas que se acabaria como se acabou a olaria pequena levantada e abandonada.

Noite que se anuncia de breu em um dezembro sem lua nem estrelas, prenúncio de trovoadas e chuvas fora de tempo, Estrela de Ana Brasila com o adjutório de Esperança Angola arma e acende uma grande fogueira em frente da mal-ajambrada Capela do Menino Jesus e reúne sua gente — que não se amedrontem —, *a chuva num vem tão cedo, dá tempo di bom conversê.* Frutuoso depois que apascentou da ruim viagem começou a sofrer tremores nas mãos e tomado de ira nunca vista quebrou todos os petrechos de fazer vurto de barro (o que tirou o restinho de paz ou sossego da vida de Esperança) e daí por diante deixou de falar deixou de suspender as vistas, acorcovou-se, a carapinha embranqueceu de uma hora para outra, deu de urinar-se e obrar-se: ausentou-se de si e dos parentes caminhando ao léu a falar bestagens, tendo Zóio Verde a acompanhar seus desvarios a inventar traduções (mais que nunca em latinórios arrevesados) para as falas engriziadas do amigo, caminham os dois pelas matas ralas passam horas e mais horas den'd'água em estranhíssimas risadarias entremeadas de chororô. Estrela faz com que os dois se assentem no batente da mal-ajambrada capela sob os cuidados do olhar triste revoltado desesperançado de Esperança. Brianda ali de banda. Romão Jaqueira braçado mais Bastiana — com a barriga na boca chegando a hora. Januaro, nem mesmo ele sabe se está angustiado por conta da tão adiada partida ou se triste por não ir; nem mesmo ele sabe se está desconfiado do que a Mãe há de falar ou se a melancolia em que mergulha ensimesmado a contar dias e desenhar calendário lhe advém dos tempos de seminário quando neste dia se festejava o nascimento do Senhor.

Arrepara Januaro... óia eu óia o pai qui tornô sê minino di tão véio qui tá... arrepara Januaro cuma tá carapinha? Tá di ota cô Januaro... carapinha di gentio muda di cô... é vem tempos di si ir-se pra lugá di nunca máji. Começa assim Estrela a falar lentamente como nunca se viu, a mostrar e demonstrar a velhice dela mesma, de Frutuoso, Brianda, Zóio. Não diz que Januaro não parta mas em suas palavras claras misturadas a outras mais escuras desanuvia os caminhos da partida de Januaro. Partida que felicidade não lhe trará porque Felipa jamais ele há de reencontrar. Que a partida dele será a morte do Guerê porque o retorno dele (se chegar a retornar) será infeliz sem Felipa enganado de vãs alegrias em barcaças de mercancias e tudo por tudo repetirá — porque a vida é redemoinho — as presunções afetações iniqüidades de Bastião Cavalo.

Romão Jaqueira, escabriado, pede licença também quer falar e vai logo dizendo que andava matutando despachar mateiros e tropeiros em paga lhes dando boiadas cavalares e muares — ou melhor dizendo o que delas restou —, ao Guerê bastando ficar uma ou duas parelhas mais umas femeazinha de sobressalença para serventias pequenas — não para matar nem comer. Romão Jaqueira foi deixando o escabriamento de lado, esclarecendo o falar, e disse mais: que ele mais Bastiana andaram os dois a cogitar enquanto apreciavam a vida dos viventes da baciazinha espraiada *para que tantas lides, ora me digam, de patacas e que tais? De que serve trabalhar como mouros sem mais poder ao menos prosear como por finais se vinha vivendo na Lagoinha? Para que tantas lides, ora me digam, se se vive, se se come, se se bebe, se banha, se dorme no bem-bom? Para que tantas lides, ora me digam, se o gentio daqui vive em boa saúde a cantar e a dançar?* Às palavras de Romão Jaqueira a caída feição de Estrela como se vai espairecendo ganhando uma paz há muito perdida. Bastiana, a sempre mais que mofina, toma ares de menina sapeca mulher sabida e se pronuncia dizendo saber de um saber desensinado que estando eles todos em meio de chapadões estariam a salvo da maldição de Juraci e que ela, Bastiana, esquecer jamais esqueceria de seu menino porém desde que pousara nestes ermos sentira-se benfazeja — e dito isto quando abraçou o barrigão falando *chegou a hora* foi no instante mesmo em que os raios riscaram o céu, a trovoada comeu solta, o aguaceiro caiu botando todos a correr a se agasalhar em casa de sopapo, a deles mesmos Bastiana e Romão Jaqueira.

Januaro, último a adentrar na palhoça (carrega no colo um franzino e encharcado Frutuoso que no susto do aguaceiro embrenhara-se na mata), escuta o suspiro de Bastiana — *ai que dor mais esquecida*... O quartinho tirado de tudo, nem catre, nem tamborete. Escuro. Um fifó dependurado na cruzeta da cobertura das palhas alumia de pouco pra não assustar o pequenino. As bacias e panos já se foram, o chão barrido, somente esteira no centro. Uma moringa d'água de lado. Acocoradas em derredor, Estrela carrega o bitelão trigueiro de carapinha engriziada. Esperança estende os braços pega o bitelão e mansamente deita-o por cima da barriga de Bastiana. De Romão Jaqueira, só se vê os dentes brilhando em sorriso maior. Frutuoso corcovadinho vai se achegando, acocorando, esgueirando, se põe enroladinho garradinho na neta, cabeça aninhada no sovaco de Bastiana, mão alisa alisando... da carapinha do bisneto pra barriga da neta... da barriga da neta pra carapinha do bisneto... engrolando palavreado de quando era menino *mãe Dença... e mãiana... ói mãe o bitelo qui truxe pra tu...* Zóio pede a Brianda aquela seda azul (vinda por um acaso em meio às cestas de carne-do-sertão – da qual nem mais farrapo existe) pede uma cumbuca com água e uma tilisca de sal, manda que todo mundo se chegue perto, procura os vulto de barro (não encontra nem ninguém se arrisca a sair debaixo da chuvarada para buscar vultos na capela), manda Esperança e Januaro carregar o bitelão seu bisneto acabado de nascer, negro de olho verde como o avọ Bastião, coloca um trapo de aniagem por em volta do pescoço e tudo igualzinho como vira os padres e como sempre fizera com as crianças da família, batiza Jeromo em nome do Pai, do Menino Jesu e do Espírito Santo. Estrela responde: *Oxalá ai di cuidiá por todos os sempres.*

Xaréu estirado de banda, Xangó de pernas para o ar, Mироró de barriga no chão cara aninhada nas patinhas dianteiras rodeiam o grande cesto cheio de palhas secas onde Garoupa acaba de parir novos Mirorós, Xangós, Xaréus e Garoupas.

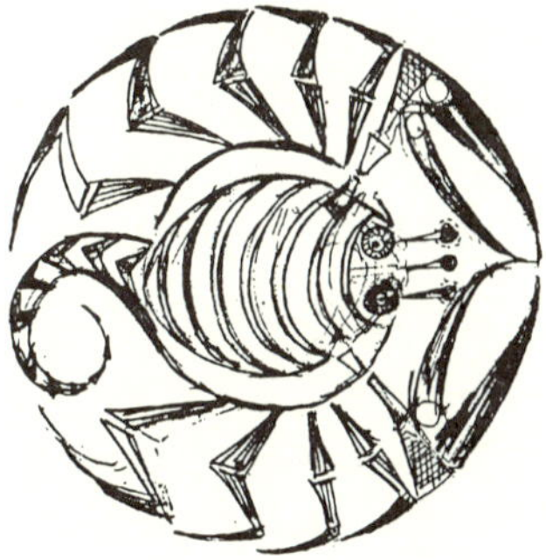

1790

Juraci nunca de nunca se preocupou em saber por onde andava o pai — que esqueceu, renegou — com todos os haveres e poderes em seu próprio nome, comércios fábricas propriedades roças animálias muito bem assentados em Casas de Tombo, a tudo comanda com mão de ferro. Embora seja um homem em tudo e por tudo citadino prefere morar em chácara no arrabalde da Vilacidade Maior. A casa do tempo de Bastião, reformada: um puxado ao fundo em longo corredor até saleta que se abre para uma camarinha e dois aposentos, um para Juraci outro para Hernández Montañes (oficialmente), a camarinha para a ama surda-muda abilolada que limpa arruma cuida dos urinóis tranca o portão de ferro na ponta ligada à casa, passa pesada trava de ferro na porta de entrada da saleta dos aposentos trancando com pesadíssimo cadeado. O próprio Juraci é quem tranca (por fora) a surda-muda em sua camarinha na hora noturna de recolhimento final.

Juraci aos trinta anos de idade e há dez vivendo mais Hernández Montañes. O menino sobrinho, a quem chamaram Ernando, aí pelos seus oito anos de idade nem bem-criado nem malcriado, vive solto pela chácara aos mandos ou desmandos das amas. Juraci não lhe dá tum, não o raptou porque desejasse criança, tudo feito por inveja de Bastiana vivente de amores soltos e travessos mais o negro Romão Jaqueira, inveja de Bastiana vivente de carinhos de tios e avós. Como se a ela, Juraci, algo tivessem negado, como se não fora ela mesma Juraci a repudiar e renegar sua própria gente.

Juraci aos trinta anos de idade e há dez vivendo mais Hernández Montañes já comprou título de nobreza. Sem que nunca tenha retornado às terras onde tudo começou é sabido em toda a redondeza e mais além, na Vilacidade, na Vilacidade Maior, na Costa e na Costa-Abaixo e até mesmo na Cidade Grande e no Golfo, que Juraci é senhor das terras cujo centro é a Lagoinha descendo pro sul até o Riacho do Dendê no encontro do Rio da Curva Grande; ladeando pra oeste até a pedraria esgarçando com o jaqueiral menos léguas que pro lado do sul; ladeando pra leste a montoeira de riachos e riachinhos, o mangue, até a costa: o maroceano; subindo pro norte, terras, montanhas, rios, cachoeiras, florestas até perder de vista e de contas de léguas. É sabido que são terras pertencentes ao Marquês de Jaguarité.

O que também toda gente sabe em toda a redondeza é do sentimento celibatário do Marquês sabendo também que moçoilas não faltam a rodeá-lo lançando-lhe olhares lânguidos. Corre a bocas grandes o desejo frustrado do Marquês querer ser frade — daí o celibato —, porém corre à boca pequena que o espanhol sempre acompanhante de Juraci não se trata de ser como dito é Mestre-d'Armas (*de que armas, ora me digam? O Marquês por um acaso possui exércitos?*, diz um), que a ocupação do tal Mestre-d'Armas outra não seria senão a de ajuntamento contra natura sodomítica (*ora ora, pois pois* — diz outro —, *do que o espanhol se ocupa é de meter, lá no vaso traseiro do Marquês, seu membro viril desonesto*). Porém Juraci ser mulher não passa em cabeça uma, segredo de alcova bem guardado entre os amancebados Juraci e Hernández Montañes (até porque Juraci cuidou do desaparecimento de cada um e cada qual vivente sabedor do seu nascimento — como até mesmo a família que segundo seu próprio pensamento *deixei fugir acompanhada de minha maldição*). De formas que, nos aposentos do puxado, sob os cuidados da ama surda-muda abilolada, se recolhe Juraci mais Hernández Montañes, sua paixão, seu homem, seu tudo. Seu macho nas recônditas noites de amor.

No começo dos tempos recearam pegar menino, porém aos trinta anos de idade e mais de dez de fudistério não restava a Juraci mais Hernández Montañes a menor dúvida de que Juraci fosse maninha (igual às malditas vacas que teimam em não procriar, dando prejuízo no rebanho — nela, em Juraci, ser maninha não seria maldição como nas vacas, para o amancebado abscôndito casal o ser maninha de Juraci era uma bênção), tanto que ao lhe faltar o mênstruo, surpresa não teve (soubera desde sempre que as mulheres perdiam a sangraria ao adquirir certos anos de vida). Surpresa teve ao sentir certos enjôos, disto sabia também, sinal de menino a caminho. Antes de prenunciar-se a barriga, pronunciaram-se os dois, confabularam. Embarcou Juraci em navio de carreira para terras de Espanha acompanhada do menino Ernando e da ama surda-muda abilolada quedando Hernández Montañes controlando os poderes e haveres do Marquês.

1798

A capela do Menino Jesus sem ninguém que lhe desse escutas nem vistas foi-se enchendo de goteiras a cumeeira derribou-se, tudo tornou-se um só monturo. Frutuoso antes de definhar de todo, junto com Zóio Verde — sem que ninguém da família visse —, arrumou grandes balaios cheios de folhas secas de bananeira e dentre as folhas, todos os vultos de barro (os da capela, os de casa, os nem-de-todo-prontos da também decaída mal principiada olaria pequena) estivados den'da barcaça do estrangeiro que de déu em déu visitava aquelas plagas tentando vender alguma coisa... (Januaro com suas recônditas patacas de ouro é o único comprador do mascate siô Giovanni que lhe traz encomendados livros, leva cartas não traz respostas).

Depois de Jeromo mais três meninos e uma menina nasceram de Bastiana e como Jeromo foram se criando mais as crianças da baciazinha espraiada. Tanto de tanto se imbricaram uns e outros que o povo que um dia foi o povo da Lagoinha que tantos poderes e haveres teve sem ter, e tendo, de tudo se desligou até das roupas se desvencilhou e abandonou seus costumes em troca do viver dos viventes da baciazinha espraiada a eles foram dando seu falar. A mando e comando do Morubixaba e de Estrela de Ana Brasila construíram uma oca na maloca da baciazinha espraiada. E de tal forma vivem, não fossem as cores desiguais, desigual ninguém seria. Jeromo mais a indiazinha Querina desde muito pequeninos são pegados um com outro soltos nas matas e rio (do mesmo jeitinho que foram Estrela mais Frutuoso) e ninguém deu um senão quando passaram a dormir na mesma rede. Quando nasceu o primeiro menino de Jeromo mais Querina no ano de 1798 das contas de Januaro já nada se pareceu com os demais nascimentos do povo da Lagoinha. Zóio Verde há muito houvera partido para lugar de nunca mais — depois de passar bom par de anos correndo coxia e cercando frango por em torno do amado amigo Frutuoso virado de todo um menino a se obrar e se urinar por aqui e por acolá, a não dizer coisa com coisa, também Zóio Verde entrou em desvarios, ao ver o amigo se finar, saiu de madrugadinha após apagar-se o último tição da fogueira que levou o corpo de Frutuoso, embrenhou-se pelas veredas do chapadão. Quando deram fé do sumiço, por tão logo tenha sido a perseguição da procura, eram tantas as veredas a seguir-se que entra por esta sai por aquela mesmo tendo o condão do Pajé e os saberes de Estrela só deu-se o achamento do corpo de Zóio Verde cinco dias tendo se passado de sua desaparição já de todo virado carniça encontrado por isto mesmo pelo voar e revoar dos urubus a disputá-lo.

Retorna o Marquês de Jaguarité à Vilacidade Maior no ano de 1800, em plena e tão falada esperada mudança do século, quando se anunciava o final do mundo. Retorna o Marquês de Jaguarité passados dez anos de sua partida desembarcando de navio (próprio) de muitos mastros e cabinas – construído na ribeira da Vilacidade Maior com boas e nobres madeiras de Jaguarité sob supervisão de Hernández Montañes e para a Espanha navegado sob comando de capitão genovês. Retorna o Marquês de Jaguarité acompanhado de verdadeira corte: pajens, *valets de chambre*, professores, físicos, cirurgiões, preceptoras francesas e a maior das alvíssaras (cercada das necessárias estórias) um par de gêmeos alvarinhos Bartô e Lomeu Florença: filhos do Marquês!

Estórias que o próprio Marquês cuidou que se espalhassem a bocas grandes e pequenas *(...) que em chegando o Marquês em terras de Espanha apaixonou-se fulminantemente por linda dançarina original de Florença de quem lhe nasceram os lindos rebentos (...) para grande tristeza e desespero do Marquês morrera a bela florentina no parto das crianças nascidas antes de completarem-se os nove meses de gravidez (...) definhara o Marquês de tal forma e foram tantos os trabalhos para a ama surda-muda abilolada, que salvando-se ele a ela sobreviera-lhe a morte por cansaço (...) que Ernando, coitado, abandonado, não poderia estar entre tantas desvairanças internado ficara em bom colégio de Inglaterra* (entre as muitas terras citadas difícil seria aferir a veracidade dos contos).

Durante os dez anos passados da ausência de Juraci Marquês de Jaguarité o branco Hernández Montañes agiu em seu nome e por sua pessoa com papel passado assinado e estampilhado. Se muito ajudara Juraci desde sempre nos criatórios e negócios mandos e desmandos haveres e poderes, ao assumir em tudo e por tudo, traçou e executou novos rumos. De formas que o retorno de Juraci e a entrada no novo século encontraram na esquina da Rua Direita com o Beco da Sé o mesmo sobrado de três pisares porém não mais recoberto de azulejos na fachada ao rés-do-chão, agora pintado inteiro de amarelo-ouro, portas e janelas verde-musgo, placa de bronze na portada principal:

CASA BANCÁRIA VILACIDADE MAIOR MONTAÑES & JAGUARITÉ 1799 SUCCESSORES DA CASA DAS ESTRELAS DE 1769

No segundo pisar do sobrado funciona escritório com muitos funcionários e guarda-livros que cuidam de importações e exportações, salão dos desenhistas navais, sala especial (arrumadíssima com móveis de Inglaterra, livros de França, bustos de Florença, mapas de Gênova, coisas e loisas de Veneza, Espanha e Portugal) de uso exclusivo de Hernández Montañes. Daí emanam as ordens, as coordenadas, para o trapiche e o arsenal da ribeira (construindo embarcações de grande qualidade, dando manutenção a navios de todo o mundo que transitam no movimentadíssimo porto da Vilacidade Maior). Todas as demais mercancias foram desativadas, as terras de Jaguarité abandonadas de todo. No terceiro pisar do sobrado os aposentos de residência de Hernández Montañes.

Nos tempos de vivência e convivência de Juraci e Hernández Montañes houve sempre a sociedade de fato (mais pela aproximação e convivência) porém uma sociedade de direito nunca passara pela cabeça de Juraci dar a Hernández Montañes. Por mais cartas que tenham trocado Juraci não imaginara encontrar o que encontrou. Nos primeiros dias de seu retorno diariamente se dirigiu à Casa das Estrelas (como nunca deixou de chamar), foi conhecer o amplo trapiche, o imenso arsenal da ribeira. Chegou a dar alguns palpites — ordem alguma, que ninguém o reconhecia como chefe — sentiu-se desnorteada, não viu a si mesma como Marquês, não viu a si mesma como o velho e bom comandante como sempre se vira. Nestes dias de idas à Cidade, retornava à chácara sozinha — para Hernández Montañes havia sempre negócios a tratar, festas e saraus a freqüentar, todo dia empurrando para amanhã o retorno definitivo à chácara, todo dia prometendo levar seus baús, suas roupas, seus pertences. Ao amanhecer de uma segunda-feira Juraci saiu de sua câmara do puxado vestida em camisolo de sarja grosseira decotado sem mangas (finalmente aliviados, os amplos peitos a balouçar-se) ordenando aos criados que realizassem mudança de seus teréns para a alcova principal — não, que não levassem as roupas Dazoropas, que dessem fim, ficassem para si, que para ela Juraci bastavam os camisolões de algodão. Tomou tento de estar tudo em bom andamento serviços de comer e de beber, criados, professores, preceptoras, Bartô e Lomeu que estivessem com saúde e alegrias (mandou o cocheiro à Cidade entregar os *valets de chambre* a Hernández Montañes para que os embarcasse de volta para a França).

Juraci estimou que o tamanho da Casa de Ensino construída no fundo da chácara e a quantidade de professores trazidos Dazoropas eram demasiados para apenas Bartô e Lomeu (que de resto pouco se importavam com ensinamentos nem bons modos) mandou bilhete para o "sócio" ordenando que todos os dias mandasse os filhos dos funcionários de Montañes & Jaguarité freqüentar a Casa de Ensino da mesma maneira reunindo os filhos da criadagem da chácara (não que os professores fossem de muito acordo com esta misturada de gente mas aceitar tiveram de, muito bem pagos vivendo vida de nababos). Mas Juraci já não impunha nada aos gritos. Juraci palavreava. De comum acordo com os professores e preceptoras organizou a Casa de Ensino em classes como vira nos colégios de Inglaterra onde internara Ernando – mandou construir mais um puxado com morada e cozinhas próprias para recolher órfãos e lhes dar ensino e ofício.

Juraci tinha lá em seus pensamentos o esquecimento de sua gente quando de repente sentiu uma saudade inaudita de Januaro, Esperança, Estrela, Frutuoso, Zóio Verde, Brianda, Bastiana e mais de que todos sentiu a ausência de Lonô, sentiu saudade das velhas velhinhas Ana Brasila e Prudença Angola, até sentiu falta do perene arrodeio dos cachorros. Se aos parentes não tinha jeito de ver nem saber por onde andavam, acompanhados da maldição que ela própria lhes impusera, engendrou um pensar recolhido e muito forte lembrando dos vultos de Frutuoso mais de Esperança e de como faziam-se diferentes os vultos quando postados e adorados na banca de Zóio Verde, e viu dentro de si a velha velhinha Prudença embaixo do pé de iroco em falares arrevesados a jogar búzios e amarrar longas tiras de panos envolvendo o largo tronco do pé de iroco e viu Ana Brasila deitando aguidás cheios de comida branca e quartinhas de aluá entre as raízes da árvore e como que ouviu claramente os falares de Estrela... Cerrou os olhos fortemente, apertando até doer, e gritou (daqueles gritos saídos das entranhas) alto e bom som *Retiro todas as maldições que botei em meu povo!*

Jeromo embrenhado nas matas atrás de caça fresquinha para as mulheres perto de ter menino quando de mão na orelha faz sinal para os dois companheiros escutar o soar e ressoar de apito de chamar nambu mas não o assovio de nambu — *sovio di nós vortá...*

Perto (pertinho mesmo) da maloca Jeromo estancou, endureceu como um toco de pau (o apitar cada vez mais forte insistente). Os companheiros sem saber se seguir ou se acudir, um foi outro ficou, mas não conformou carregou Jeromo assim duro estirnido e passo que passo também seguiu rumo da oca.

O gentio todo reunido em grandes prantos e choros uns, derreados outros... em expectativa todos. No centro, Morubixaba ladeado de Januaro em palavreados sussurrantes. Siô Giovanni ia longe em sua barcaça. Alguns gritavam na beira da baciazinha — *vorta miserave*. Havia ainda um ou dois em queta acomoda porém ninguém tomava tento de pegar canoa no rumo do estrangeiro. Nem mesmo as mulheres com dor de parir se recolheram às suas ocas. Para aumentar o desassossego chega Jeromo duro como um toco de pau nos braços do companheiro a qual visão Januaro (quem conhecera na Costa não conheceria hoje: longos e encaracolados cabelos emaranhados com a não menos longa e encaracolada barba, sempre distante dos rios: sujo, desusado dos costumes do gentio, veste velhos rotos sujos trajes) ergue-se de salto, mão erguida, balouça aos ares o jornal recém-adquirido (de mais de um mês, é verdade) nas mãos do estrangeiro e brada — *eu não avisei? É mudança de século, o mundo vai acabar estão todos a ver não estão? Como é chegado Jeromo? Estão todos a ver como corre a barcaça do estrangeiro levando o pobre infante pagão primeiro filho de Querina e Jeromo?* Morubixaba com um gesto lento o faz sentar-se e fala para Januaro assossegar-se que papel nenhum sabe mais de que o saber de seu povo sua gente suas montanhas pedras e vales, ordena que Jeromo ali seja posto, deitado diante de si, e que Estrela se aprochegue que venha tranqüila pode deixar Querina com a mãe, o menino inda demora sair da barriga, e que também se pronuncie Estrela e tente botar em si o tresvariado Januaro, o Pajé tomando de acesa perfumada tocha diz algumas palavras (antigas de sua língua) dando leves passos volteantes em torno de Jeromo (Estrela fala baixinho ao ouvido de Januaro *tu isqueceu mô fio? Tu num sabe qui premero fio home si vai-se? — Vosmicê envelheceu, mãe: filhos homens de filhas mulheres é que se vão! não me inventes novas maldições!*). É quando Jeromo inicia leves movimentos, balbucios... até falar esclarecidamente — *eu vi uma mulher branca de olho verde vestida em camisolo de sarja grosseira decotado sem mangas a me dizer "Retiro todas as maldições que botei em meu povo!"*

Januaro, já de todo acalmado ao ver a menina de Querina nascida, em muito bom tom conversou com Morubixaba ajudado com cuidados de Estrela e foi consentido que não a deixassem pagã (na verdade, pouco importava ao Morubixaba as esquisitices de Januaro com tantos papéis e crendices disparatadas, a ele importava a paz de sua gente, o uso de uma tilisca dos coados de aguapé na cabeça do menino não faria mal a ninguém — consultara já o Pajé — além de dar felicidade ao sempre deslocado Januaro que sem todos os rapapés de Zóio secamente apenas apôs a tilisca do aguapé fazendo o sinal-da-cruz — *eu te batizo Caterina Brasila em nome do Pai, do Filho e do Espírito Santo*).

Juraci entrou num fervor construtivo amoldando a Casa de Ensino e Ofícios ao seu pensar: havia de ter o ensino de leitura, escrita e contas (desnecessário latinórios e filosofias, de nada tais ensinamentos lhe serviram na vida), vai daí que despachou para retorno às terras de Espanha mais da metade dos professores por ela trazidos. No mais, contratou mestres da terra para ensino dos ofícios: de costureira e bordadeira, de alfaiate, marceneiro, entalhador, dourador e múgica para todos (foi importando instrumentos, queria formar uma banda de múgica — e formou, sob os ensinamentos e regência do Mestre Almiro).

Juraci mandou um Positivo ir à Casa Bancária Vilacidade Maior portando uma carta exigindo a presença de Hernández Montañes que era caso de vida e morte sua presença na chácara. O tom da carta foi tal que Hernández Montañes não cuidou de caleches nem landaus, montou em seu preferido alazão e tomou rumo e prumo de ir o mais rápido possível ao encontro do "Marquês"! Por pouco, muito pouco mesmo, por um triz o espanhol não passou batido pela reformada chácara com duas portadas de entrada. Colunas sustentando imensos portões de ferro. Sobre a primeira portada uma arcada em bronze com letras vazadas:

CASA DE ENSINO E OFÍCIOS

Na segunda portada, onde entrou — nem placas nem bronzes, o portão se abre para linda vereda calcetada ladeada de pitangueiras e floridos pés de normas brancas, lilases, róseas, azuladas... onde desapeou Hernández Montañes e caminhou até os degraus da varanda que ladeia o casarão. Se quase continuou estrada afora desapercebido da entrada da chácara, o branco Hernández Montañes dessa vez passou direto por uma corada (quase trigueira de tanto sol tomado nas andanças de ensinos ao ar livre) cadeiruda mulher vestida em saia estampada rodada, bata fresca de cambraia (a transparecer fina cintura) rendada decotada (a mais mostrar do que encobrir gostosos peitos); cacheados cabelos negros emoldurando rosto alegre de olhos verdes, riso de perfeitos dentes alvos, postada no alto da escadaria. Hernández Montañes estancou a meio passo já lá pro fundo do varandão em meia-volta dirigiu-se, seco: *Muitos bons dias, Sinhá, faz favor anunciar a vosso amo Marquês de Jaguarité presença do Senhor de Montañes?*

À estrondosa gaitada que ecoou (igualzinha às de Lonô), aos rodopios de quatro cachorros e aos revolteios de uma jandaia, o espanhol se assustou. De sob os risos, voz muito calma (porém firme) a ele se dirigiu (enquanto encaminhava-o ao salão): *Entonces... já não sois Mestre-D'Armas do Marquês de Jaguarité? Sois Senhor, pois não? Fizestes ouvidos moucos aos meus recados fostes cego às minhas cartas, pois sim? Mandei vos chamar, Senhor* (bem irônica), *para vos comunicar de viva voz e presença altiva — a ver se assim afinal tomais tento, entendei! Finou-se o Marquês de Jaguarité. Aqui em vossa presença, e não à vossa serventia, está Juraci de Lonô Brasila. Que não é outra senão a batizada Juraci Cavalo a mesma Juraci de Jaguarité — ou Marquês, se preferis — que vós conhecíeis e vos conheceu também e vos amou, já não ama: despreza e desdenha. Não penseis vós que todos os poderes e haveres estão a vosso bel-prazer.... ah! Não! Não penseis vós que há mortes como vos anunciei. Há vida, muita vida a ser cuidada, educada...* (pausou ao gesto dele querer interrompê-la mas não deixou que emitisse um som, continuou impávida) *Pst! Caluda! Escutareis tudo o que tenho a vos dizer. Quando aqui cheguei de retorno das terras de Espanha de vós recebi desdém. Se calei, recolhi-me, se dei todo este tempo que a vós dei não foi por bonomia. Preparava papéis. Papéis atravessaram o maroceano pra além e para aquém. Consultei doutores de Coimbra. Vos dou direitos, agora sim de papéis passados estampilhados e por mim de veras assinados. Nada de falsidades nem falsificações como fizestes durante os anos de minha ausência. Atentai, para usufruirdes de tais direitos tereis também obrigações. Obrigações por vós escritas de próprio punho, assinadas e estampilhadas. Sentai e copiai. O notário está a chegar. Vosmicê de hoje por diante de tudo será senhor* (mais irônica ainda). *Senhor de ter e de haver. Todos os negócios e mercancias, casa bancária, ribeira das naus serão vossos — fora as terras, que estas não são nem serão de ninguém — tereis por obrigação o apenas pagar o que aqui estabeleci e estabelecerei, da Casa de Ensino e Ofícios passando pela Banda de Música ao Recolhimento de Órfãos e Interditos: moradia, ensino, alimento, provimento. Pronto! Eis que vem chegando o notário, vosmicê está entregue...* (pausa a mais um gesto dele querer falar) *ora pois! Me deixais...* (mas escuta, e responde) *Os filhos?... tivestes dúvida algum dia diante dos contos que mandei contar? Sois uma besta, é o que sois! os gêmeos?... são vossos! Levai-os se é esta a vossa exigência, não prestam como não prestei eu enquanto com vós vivi.*

Bartô e Lomeu Florença sempre se comportaram diferentemente de todos os demais meninos e meninas aprendizes da Casa de Ensino e Ofícios, fugindo das aulas ganhando as matas das redondezas (e lonjura também) a matar e estripar calangos, sapos, roedores. Pegando gambá com uma rede escondendo nas matulas dos órfãos, de forma que foi um dois três salvem todos a partida deles com o pai Hernández Montañes.

O que Juraci nunca veio a saber (porque não quis?) é que o espanhol pai dos gêmeos Bartô e Lomeu os deportou para uma terra colônia de seus patrícios localizada lá pro sul muito pro sul de toda a terra de jaguarités, jacarandás, ipês e brasis. O que Juraci nunca veio a saber (porque não tinha como) é que depois de muitos anos passados os gêmeos já homens feitos enganosos valdevinos capadócios canalhas trapaceiros viviam em um sobrado na beira do cais do porto em uma cidade de bons ares e vivendo com eles — ou eles vivendo com ela — uma mulher a quem nunca perguntaram o nome e chamavam de Maria e um lhe trepa e outro lhe come e Bartô come o cu de Lomeu e Lomeu chupa o pau de Bartô e botam Maria no meio e um lhe tira os tampos da frente e outro os tampos de trás lhe tira e quem estava aqui já está por lá e filhos de Maria vão nascendo — sem que ninguém nunca saiba nem eles mesmos nunca souberam nem se importaram se Bartô ou Lomeu é o pai — e isto ano após ano até quando Maria está na dor de parir o sexto filho um Bartô e outro Lomeu um pela frente outro por detrás puxa que puxa pau enfia aqui mete acolá aperta os peitos de Maria aos gritos e aos esporros e à melança de porras quando Maria ali mesmo escancarada com o natimorto entalado eles chamam o rabecão e fica tudo por isto mesmo e eles pegam um grande baú e com muita força lá dentro vão botando os cinco filhos ficados o primeiro tem cinco anos o segundo tem quatro o terceiro com três o quarto com dois e o quinto com um que nem chorar não choram enrouquecidos engasgados sufocados (depois, muito depois, em outros portos, outros cais, Bartô e Lomeu se gabavam ao contar este conto — em que ninguém nunca acreditou — da lembrança que tiveram de fazer uns buraquinhos para os pagãos respirar). O que Juraci nunca veio a saber (por não haver possibilidade) é que o baú foi posto às tramóias dentro de um navio negreiro retornante e que ao balouçar de fortes mares os meninos voltaram a chorar e que neste e noutros navios cresceram e foram criados por marinheiros nos mares por putas nos portos de todos os continentes da terra. O que Juraci nunca veio a saber (como poderia?) é que o primeiro contava quinze anos de idade quando foi xeretar numa igreja de ingleses em terras perdidas do Oriente e uma branca senhorinha chegante aos trinta anos de idade tomou-se de amores maternais por tão inocente *baby* de olhos tristes e que para Mary filha única solteirona de pais envelhecidos fora a mais rica alegria ver o navio partir e o grande *baby* ficar: começou por ensiná-lo a falar língua de gente (o grande *baby* falava palavras em todas as línguas), continuou por ensinar-lhe as primeiras letras e leitura e escrita e órgão musical; em pouco o menino não só falava como escrevia *I love grandfather Érnandoo Jaqüeira.* O tanto que Mary ensinava o grande *baby* aprendia e também retribuía com os ensinamentos do que sabia: começou por delicada e sonsamente enfiar-se embaixo da saia comprida de Mary que em risinhos travessos o repreendia (gostando)... tanto ele insistiu que ela já nem se importava com o brinquedo de esconderijo, daí para rápidas lambidas na xereca dela dedos buliçosos nos grandes e pequenos lábios chupadas no pinguelo até rolarem pelos tapetes do *bungalow* foi um pulo. Aulas de órgão musical na *small church*. Aulas de órgão sexual no *bedroom*.

1815...

Siô Giovanni partira naqueles idos carregando menino de Jeromo Jaqueira mais Querina na hora mesma em que nascia Caterina Brasila, na hora mesma da atormentada mudança do século dos tormentos de Januaro. Desse dia em diante nunca que Siô Giovanni voltou trazendo as nunca dantes trazidas respostas às cartas de Januaro. A ninguém do Araguarê o italiano fez falta, apenasmente a Januaro, que sustentava seu fugidio juízo nas leituras de velhas gazetas e encomendados livros chegados na barcaça. Os cadernos escritos e reescritos se finaram, como secaram as tintas economizadas para uma escrita de muita precisão (de nada adiantaram as cabacinhas cheias da tinta vermelha tirada da imersão das lascas de madeira que gentilmente o gentio lhe oferecia, sempre sempre rechaçadas). Januaro ensimesmado sem trocar palavra sequer com a muito velha – e muito lúcida – mãe Estrela. Januaro a andar ao léu sem dizer palavra uma desde o dia em que a mana Esperança finou-se de morte morrida sem ais nem uis – apenasmente não acordou, em sua rede a baloiçar abraçada ao índio Curacau a quem amou de corpo alma e santaria. Januaro sentado na barranca, olho perdido onde se perde de vista o caminhar do rio, na espera de Siô Giovanni. Cabelos barbas pentelhos de Januaro a se engrolar a lhe cobrir o corpo tal qual os esquecidos santonofres de Esperança.

Iscuita Januaro mô fio... tu quis parti i cá istá promode di meus falá... tu tá má num tá. Tá o corpo di Januaro mô fio. Mô fio Januaro num tá. A véia Estrela já si vai-se pra lugá di nunca máji. Dia di eu i pra lugá di nunca máji dia qui ai di chegá Savero ni vale Araguarê... Cuidia Januaro mô fio, toma tento, assunta... tu ai di parti máji os branco qui ai di chegá ni Savero. Tu num cuidia di quemá corpo da véia Estrela tu cuidia di i lá nos resto do Guerê qui nóis largou pra trás... lá tu incronta baú, lá tu banha corpo, lá tu veste vestimenta qui ai di incrontá ni baú. Lá tu irpera Savero, tu vai simbora máji os branco, tu tem fala di dizê promode os branco querdite qui riba donde tu imbarca num ai pé di gente. Tu imbarca máji os branco i tu num vorta... tu num vorta pruquê num ai di querê, não! Tu num vorta pruquê tu num ai di chegá in lugares um. Tu tá véio mô fio Januaro.

Dito o que, Estrela arribou do toco de pau donde estivera sentada na barranca da baciazinha espraiada, chamou Xangó, Garoupa, Miroró e Xaréu, caminhou lentamente — apreciando a serra recoberta de fermosa mata, assuntando aquele vale verdejante entre serras de matas de um lado tendo pedras e chapadões do outro, riozão sem fim correndo a meio — caminhou no tento da maloca, apressou o passo no tento de aparar o menino filho da tataraneta Caterina Brasila mais o índio Capara.

Havera de ser o último menino que Estrela de Ana Brasila apararia. Aparado o menino, reuniu sua gente como tantas de quantas vezes reunira. Anunciou, como há pouco anunciara a Januaro, que em breve partiria pra lugar de nunca mais. Disse mais, partia sem medos nem temores, partia em paz sabedora era de que o povo do Araguarê viveria para sempre neste vale, nestas terras matas e rio sem males nem guerras té que um dia por si próprios desapareceriam por falta de nascer curumins. Que se gente chegada de além traz ruindade muitas vezes maldade tanto mais (e pouca vez a bondade) traz sangue novo também. Porém sangues novos não chegariam. Disse mais, que este menino agora nascido é vinha puxando uma renca de mais quatro menino homem que havera de ter Caterina Brasila só por depois no final tendo ela uma menina que desde já a véia Estrela pedia dessem o nome de Garanda. Essamenina Garanda haveria de ter filhos (como no em tempo destes filhos, algumas índias do Araguarê filhos ainda teriam – porém filha mulher somente Garanda Brasila teria). E que à filha de Garanda, desde já Estrela pedia, dessem o nome de Marana que essa Marana seria o seguir do povo do Araguarê e do povo da Lagoinha em outras terras, outros rios, cidades. Outras vidas construiria.

Dito o que, Estrela mais um tanto falou. Que cada qual cuidasse de todos e que cada qual cuidasse de si *é tempo di murici*. Recolheu-se em sua rede dizendo *são máji qui horas, já vou*. Fechou os olhos e partiu pra lugar de nunca mais.

1850...

Da linhagem de Morubixaba, de quando ao vale chegou o povo da Lagoinha, é Simeão Fogaça. Jovem bonito taludo, uma força de comando emana dele como não houvera outro em todos estes anos desde que o Morubixaba, daquele então, defunto se fora. O tamanho da aldeia encolhido. Rala a população de hoje em dia. Festas cantos pinturas ainda se fazem. E como há muito não se via, o terreiro iluminado por grande fogueira acesa no centro, chão batido recoberto de folhas de pitangueiras, mastros de verdes palmas incrustando enfeitando tochas de grande lume, meninos, velhas, moças rapazes todos tocam dançam comemoram a assunção de Simeão Fogaça, por herança e merecimento: o novo Morubixaba. Simeão Fogaça anuncia entre dançares e tocares a escolha da mulher sua companheira sua vida seu tudo: Garanda Brasila.

GOLFO

Maré subindo. Branca Marana não se dá conta que tilisca de susto d'água vira quebradinha de onda. Cresce. Onda inteira quebra por cima. Come areia. Levanta de salto. De porra e puta que pariu faz a festa de gritos e pulos na praia deserta. Solta demônios. ***Gostava de praia, a mãe braços estendidos lhe ensinando nadar. Com os irmãos catando conchinhas. Castelos de areia... Castelos de areia foi o que o Moreno construiu em sua cabeça. Você um dia não vai mais precisar estar naquele escritório imundo, "dar-te-ei o céu meu bem e o meu amor também" e o mar e muito mais (quanta vez lhe disse). Você vai ser o que bem queira sem escritório que te atormente. Na praia, na praia (ele). No escritório, no escritório (ela). Na cama, na cama (os dois). Xinga, pula na areia pulando estivesse esmagando a cabeça do Moreno. Joga pedras den'd'água, jogando estivesse na cabeça do Moreno. Um caco de vidro na mão, quer capar o Moreno, que xota de ninguém possa usufruir rolão tão bom.*** Seca de tanto agito. Voz perdida de tanto grito. Cansaço (de uma, duas, cinqüenta vidas?). Estremunhada, arrasta-se pela areia (ainda quente), escorrega na encosta (cai em cima do cansanção). Ardida, fodida, está aos prantos, cabeça caída sobre o volante do automóvel de portas escancaradas. Um cachorro lhe lambe a cara, rabo em festa (verdadeiro ventilador), senta que nem gente ao seu lado como que diz — *Vamos!*

Fecha as portas do automóvel. Nem pensa escorraçar (o já "batizado") Merlin. Vão. Nem correndo nem parando. Normal. Volta pela estrada de barro. Toma asfalto, indo seguindo. Grande Via Arrodeante, pista da direita. Passeando. Mais que pensa, conversa com Merlin. ***O Moreno sempre bem-posto, eu: a louca. Belas palavras. Quantos cães quis ter (eu), ele nunca disse não. Dizendo. Casa nova de quintal, varandas. Plantas dele sim. Gato e cachorro meu, nunca. Praia e cinema queria todo dia. Igual, os dois querendo: cama. TV odiava eu, ele adorando. Livro revista jornal? Não estivesse o Moreno na faculdade parecia analfabeto. Ensinei gostar. Comer ensopado, feijão avinagrado — o céu dele. Gostou de tudo que lhe mostrei: bons temperos, boas carnes, excelentes massas (italianas, al dente). Louça talheres. Camarões. Restaurantes. Bons discos, teatro. Livros... (não aprendeu a gostar). Diz que foi além, diz que até de vinho sabe o buquê (eu nunca soube dessas coisas). Gostei de cachaça — quando o marasmo dele me enchia o saco. Numa tarde dois cinemas, depois TV. Haja cachaça pra aturar. Esporro nunca me deu. Não era homem pra isso. Era homem sim de comer umas e outras e nunca me faltar. Me fodendo. Sempre. Fudistério gostoso em beira de rio. Na estrada. No mato, cozinha, banheiro — e cama. Sofá, tapete. Porém foder a cabeça***

– *quase conseguiu.* Grande Via Arrodeante dez quilômetros ao pé do morro de pedras. Engenharia ainda não teve para furar-lhe um túnel (governante nenhum quis? lado de lá só mora pobre além a mata que restou). Passeando levemente destampa onde pretendeu (ou foi chamada?) Bico-da-Arara da Lagoazul. Aprecia, vê quantas "intervenções" terríveis tantos prefeitos energúmenos realizaram no querido Bico-da-Arara. Onde gramados: "ardósias", falsas quadras esportivas. Onde areal: "paralelepípedos em rosáceas". Onde praia: "cais de pedalinhos". Onde palhoças: devastação asfáltica, estacionamentos.

Estaciona.

Pra banda de cima da Lagoazul eles (políticos governantes descarados) deixaram um bocado da mata que margeia um tanto da lagoa, faz sopé da Pedraria (por sem jeito, não por falta da ganância do querer, sim por impossível): – de uma feita, prefeito querendo demarcar avenida, ao pisar a área em visita preliminar, recebeu pelas fuças por sobre todo o corpanzil um jacarandá de mais de quatrocentos anos de idade que derrubou-se por si só, sem ter nem que; não houve trator nem guincho que não quebrasse motores, correntes, forças, ao querer suspender o caído jacarandá; as feições de enterro por ali mesmo se deram pois o corpo do prefeito ainda hoje está por debaixo do pé de jacarandá (a amante do prefeito todo dia, todo dia, ia ali beber caipirinha chorando sua saudade e depois tchóóó: atiçava os restos no chão, tá lá para quem queira ver *meu limão, meu limoeiro, meu pé de jacarandá, uma vez tindolêlê, outra vez tindolálá*); – de outra feita, empreiteiro sabidório correu todos os cartórios nada encontrando sobre as terras sabidas conhecidas por Jaguarité (ora tidas por devolutas, ora tidas pertencentes a família de gringos sempre estando por chegar) e em cartório nenhum: nada; empreiteiro falseou aqui, falsificou acolá, registrou com cadeia sucessória e tudo. Lançou grande campanha publicitária: loteamento para casas chiques, shopping center, torres de escritórios, ancoradouros, marinas, piscinas naturais e artificiais, clubes. No dia do lançamento da pedra fundamental no ato de enterrar-se a caixa de ferro lacrada — soldada contendo jornal do dia e algumas especiarias — ouviram-se ruídos de galhos quebrando-se, árvores rangendo, troncos caindo, roncar de trovoada sem nuvem preta no céu e mais que tudo um barulho ensurdecedor como que fora um tropel de bestas-feras — e era. Quem correu, correu. Quem não correu o bicho comeu — inclusive a família inteira do empreiteiro pois além da santa esposa (nem tão santa assim, gostava de dar que só ela) além dos filhos irmãos sobrinhos pais cunhados compadres até a avó e o avô milionários das terras do sul maravilha vieram prestigiar o acontecimento, todos foram comidos e cagados juntamente com os ônibus, bandeirolas e *outdoors*.

Branca Marana sabe (de saber sem ensinamento) do caminho de terra lá detrás das cajazeiras, depois que passa o emaranhado das samambaias. Não qualquer encontra a passagem. Não qualquer se livra das aranhas-caranguejeiras. Merlin em frente, chec-chec quatro patas dois pés caminham amassando folhas secas. Vão rodeando a Pedraria. No rumo da Lagoinha.

Na beira da Lagoinha, essa, frescorola fora de hora perto de meio-dia. Chuvisco. Merlin corre traz graveto. Branca Marana joga. Merlin traz coquinho. Branca Marana joga. Merlin traz graveto. Branca Marana corre se joga n'água, Merlin também. Merlin corre pra terra espana água por círculos e círculos. Branca Marana boiando, tirando o sal que lhe apoquenta e coça. ***Quem diria... havia de chegar o dia de eu dar graças a Deus, o dia de eu mesma me mandar. Sem ninguém que me dobre nem que eu queira dobrar. Ah Moreno dobrador. Deixa ele lá e eu aqui que assim está bem melhor.*** Merlin sentado firme na grama olha (toma conta de sua "dona"). Como que acordando de uma madorra Branca Marana dá umas braçadas, cambalhotas, vem saindo de mansinho, andando secando comendo um araçá aqui, chupando uma pitanga ali, caminha em volta dessa Lagoinha perdida esquecida por tratores construtores destruidores depredadores. Vai entrando na mata pés puuufff puuufff na areia branca fundo de riachinho, água no meio das canelas. Merlin mansinho, calmo, vai atrás. Sempre quisera se enfiar por estas bandas (faltando coragem) hoje tem um "segurança". Caminha na mata escura. Verdes samambaias, avencas, fetos, rubros caládios. Roxas orquídeas. Imensas folhas raízes de jibóia entrelaçam-se em árvores, arvoredos. Entrelaçadas em si. Folhas verdejantes nos altos. Frestas de raios de sol iluminam em roscas as folhas secas no chão. Merlin corre a rodopiar. Uma clareira (pequena) se lhe depara, coisa mais linda não vira: um terreiro bem calçado, conchas coquinhos formam estrelas sóis e luas e lá bem na ponta mais distante da água, não pode haver engano – por mais primitivo seja este desenho: duas mulheres na rede, um menino, uma menina, um cachorro, uma palhoça.

Branca Marana em passos lentos rodeando o pé de iroco alisa cada saliência de raiz. Merlin e seu rabão, rabos fossem de Branca Marana. Passeando além um tanto do pé de iroco. Deitam-se, mulher e cachorro, barriga estendida sobre terreiro de conchinhas estrelas, coquinhos sóis e luas. Cachorro por travesseiro dela, mulher ali tão terra, tão longe de si — distante. Branca Marana se vendo menina magrela batendo coquinho por coquinho, seixo por seixo? Branca Marana sentindo um cachorro cor de terra, não esse? Um menino carrega cesta cheia de pedras. Um zunzunzum de velsar e revelsar enreda cabeça de Branca Marana agora vendo muito claramente casarão da roça de bisavó Vitória, a velha deitada, cabelos escorridos-entrelaçados à varanda bordada da rede, mãozinhas dadas às mãos de veias salientes da bisavó, ouve a voz sempre firme da velha Vitória.

Pois, tu me pergunta, tu é menina muitia perguntadora. Do mesmo jeito que a gente tá aqui: tu, minha menina, no pé da rede da velha índia Vitória. Do mesmo jeito a velha índia foi menina como tu, sentada no chão, ao pé da rede. Diferençava que não existia casarão assim que nem esse, falava linguagem mais arrevesada de que hoje a gente fala. Cês inda manga de meu falar, às vez — pensa que não vejo? (a velha cai na maior gargalhada). *Devera de escuitar meu falar mais a velha Querina. Naquele então eu atendia por nome Marana — taí respondido o pruquê de teu nome Marana. Eu, tua velha bisavó Vitória, não disse antes a nenhuma pessoa: quando tu, minha primeira bisneta Branca, completou um mês de nascida eu olhava, só assuntando... teus zóio clariiim que nem os de teu bi-*

savô italiano den'de rostinho trigueiro como o meu que um dia fui menina de rostinho também igual iguale, cabelos pretos escorridos, tudo cara de uma focinho da outra. Tu não ai de acreditar pois o véio Jeromo Jaqueira o homem da véia Querina era um homem muitio grande preto retinto com olhos verdes a brilhar. Ai meu tempo de minina na oca, quando eu atendia pelo nome de Marana... No que certifiquei da parecença chamei tua mãe — minha querida e alegre Açucena — e disse pra ela, tu me faz favor de bem-querer tu não me pergunta por que, tu já concordou de batizar a menina por Branca como é de costume da família, essamenina d'agora eu quero Branca Marana. Apois. Voltando ao principio do conversê. A véia Vitória foi menina Marana no pé da rede da véia Querina mãe de Caterina Brasila. Caterina Brasila mãe de Garanda Brasila, minha mãe.

Assim mermo como tu, que apeia de meu lado, era eu mais a véia Querina que me contou e recontou que ali no Vale donde nasci nasceu ela e o povo dela, mãe de mãe de pai de pai avô tataravô té muitio de muitio antes. Porém o homem dela Jeromo Jaqueira nascido tumém no Vale veio dum povo que deu naquelas paragens caminhantes de outras bandas. Chegaram fugidos de maldição de parente — coisa que ninguém não contou porém Morubixaba vô de Querina logo viu, compreendeu que era de precisão ele dar terra pr'eles ali se agasalhar. Chegaram cheio de teréns coisas e loisas e falares andares roupagens no Vale desconhecidas e por tempos e mais tempos viveram "eles pra lá e nós pra cá" (quiá-quiá cá-cá, ri-se Vitória) *té que quando o menino Jeromo pegou de andar corria pra oca a brincar mais os menino irmão dele e mais Querina e mais a meninada da oca. Diz que quando chegaram tinha uns véio e foi tudo morreno de menos uma por nome Estrela de Ana Brasila que desse nome e dessa mulher nunca ninguém esqueceu-se* (ai bivó que arrepio me deu quando a senhora falou nessa Estrela — interrompe Branca Marana) *que era uma mulher danada de muitio saber e prever e tanto de tanto falaram dela até eu ainda lembro como que tivesse conhecido ela vivendo — penso eu — té mais de cem anos de idade. Que quando o povo chegou no Vale a tale de Estrela* (ai bivó! que me arrepio de novo! — interrompe outra vez Branca Marana) *foi quem logo se apresentou ao Morubixaba e eles logo se entenderam emboramente os outros todos falassem linguagem de branco e dizia ela, nem ela mesma sabia que sabia os falares do gentio porém que a mãe dela, preada no sertão ainda menina, morreu velha sempre na esperança de um dia rever seu gentio.*

Vitória Boscopuro

Branca Marana alisa conchinhas estrelas, coquinhos sóis e luas. Conchas, coquinhos, seixos: mulheres na rede, crianças, cachorro. Merlin fuça Branca Marana, fuça terreiro. Branca Marana recosta nas raízes expostas (uma verdadeira poltrona) do pé de iroco, acaricia Merlin. Enxerga dentro de si o casarão da bisavó. Tão velha velha, cabelos riscados (raros fios brancos entre negros) escorridos a emendar com murchos peitos (também escorridos, e até a cintura) sob a roupa leve e branca. Bisavó Vitória que conta estórias da bisavó da trisavó e tataravó. Bisavó Vitória conta da mãe Garanda mais o pai Simeão vivente no vale, nas ocas da maloca. Conta da avó Caterina, mãe da mãe dela. Da velha velhinha Querina, mãe de Caterina. (*Chega parecer tou vendo sitrudia minha veinha Querina na oca cuidando do véio Jeromo por demais diferente dos vivente da maloca. Jeromo preto retinto do zóio verde. Diz que o povo dele chegou no vale fugidio dos branco, que Jeromo nasceu no vale se costumou, ficou índio di-*

reitinho, só diferençava na cor, na carapinha... diz que o pai dele chamava Jaqueira, a mãe chamava Bastiana, diz que o tio da mãe dele tinha costume por de todos mais distintos — hoje eu entendo, depois dos conhecimento que teu bisavô me deu, o homem tinha livros sabia ler e escrever!, do que minha veinha Querina contou desse homem que dava nomes aos dias hoje eu sei ele entendia de calendários e hoje eu sei que sem saber no meu tempo de menina restos de livros dele alcancei.)

Onde verdades, onde mentiras, sonhos, esclerose? Branca Marana já crescida deitada no sofá de palhinha, colo de bisavó por travesseiro. A velha de rosto chupado e de corpo empertigado, alisa os cabelos de Branca Marana faz cafuné. Em falar arrevesado, mesmo tantos e tantos anos passados: do homem branco encontrado na clareira, ela menina ainda levando branco para a gruta, escondido do povo dela, curando-lhe feridas, bolhas, febres, por muitos sóis e alguma lua, molhação por sobre a testa — cauim de gole em gole, aluá às goladas grandes, infusão de folha propícia, indo embora mais ele no dia que de pé ficou. Aquele homem que por seu nome de mesmo nunca chamou, Branco ficou. E cada primeira filha, neta, bisneta, Branca foi, Branca é. Aquele homem levando ela do mato para a vila. Um dia, a cada dia um se entendendo mais o outro (mesmo hoje, bisavó nem sabe como). Ela ensinando ele viver no mato que folha pode comer, que graveto ajeita para espetar bicho amoitando devagarinho. O peixe, o passarinho. O rio que dá de comer e também é de banhar-se. Ele com facas e fogos dentro do embornal, de pedaço de roupa dele vestindo ela — *vestito bambina!* que rio também é de batizar: *io ti batizo Vitória*. Para ele, ela sendo Vitória desde vez primeira que ele abriu olho e se viu sendo cuidado. Os dois caminhando as léguas e léguas. Ele ganhando força, ela perdendo. Ele levando ela no cangote, nos braços (*idade minha fia? que sabia eu disso? talvez fosse uns dez, quem sabe? Ai tu com perguntas precipitadas, uns bons anos levou té qui eu não fosse a filhinha de Branco, uns tantos de anos se passou té que Branco me ensinou sê sua mulher. Pelas contas de teu bisavô podia eu ter meus quinze anos quando ele me fez mulher, quando nasceu meu Agostinho — ai qui sina minha fia... todos filhos homem primeiro, primogênito como se diz, todos foram embora... foi meu Agostinho, foi o fio primeiro de tua vó meu irmão, foi o primeiro de minha vó e assim foi vó me contou da mãe dela que contou da mãe da mãe dela tumém*). Um branco bom, bom por demais que tudo de bom lhe deu. Bons sete filhos e boas quatro filhas. Ano sim, ano não chegando mais um. Casas, roças, estudo pra todos os filhos e todas as filhas — *não queria analfabeto den'de casa que disso bastava ele e eu (chegou contratar professor mas eu só cuidei de melhorar a linguagem, prender escovar dentes essas coisas...). Branco sabia de tanta coisa... mais que muitio doutor. Todas contas de cabeça, sem precisar lápis nem papé. Trabalhou mais de que mula, fez fortuna. Muitio marido de tivó tua vive hoje dos cacau de teu bisavô. Tem muitio home de tia tua que vive hoje em casas de teu bisavô. E essa roça? Quantos e quantos acoitam por aqui? Já nascida tu a primeira bisneta Branca, de minha cor bem mesmo de índia e olhos verdes que nem os dele, ele velho, velhinho mermo (eu não sei se deixou de gostar da índia velha) gostando mais da negra da roça gostoseando mais ela lá pro fundão do vale — se é qu'inda sabia ou podia gostosear, tão murchinho ele todo e tudo dele já estava. Embora sem nunca me maltra-*

tar sempre pensando que de nada eu nada sabia. Té que um dia, teu tivô João Meloso bateu com língua nos dentes num pé de briga de achincalhe que pegou mais teu bisavô, tudo a ele contando do sofrer de meu sofrimento. Me contou depois o João Meloso, tudo se deu no cair de tarde, teu bisavô fez que de nada tava entendendo. Na mesa grande, de noite, tomou a sopa dele como era de costume tomar. Comeu o macarrão dele (que eu merma sempre fiz que ele mermo me ensinou que nas terras de Itália a mãe dele fazia). Comeu o aipim cozido, igual que na minha terra inda faço. Tomou o café com leite que tomamos todo dia. Deu boas noites a todos, foi pro quarto dele (que comigo não mais dormia), se recolheu. Depois da noite dormida, tu foi lá engatinhando como todo amanhecer fazia tum-tum-tum na porta dele todo dia uma arrelia. Tu chorou porque ele não apareceu. Foi um chororô tão chororô que nós tudo correu pra ver o que havia. Tua mãe mais que legero correu com tu pro curral. Ai minha Branca Marana, me dói té hoje. Ele inchado, todo roxo, o vrido de formicida tatu na escrivaninha. Morto, morto sem volta. Meu Branco mais grande de tamanho de que em vida foi. Veio foi quatro caixão té chegar um de caber meu Branco teu bisavô italiano.

Branca Marana em viagem plena dentro da felicidade. Branca Marana rondando pelos quartos da roça da bisavó Vitória, na barra da saia da tivó tia solteira Branca embolando com Bolinha (a cadela peluda branca de máscara preta sempre aos pés de tivó, rabão sempre em festas). Remexendo gavetas, gavetões. Futucando amuafos. Conhecendo esmiuçando cada canto de quarto, sala, salão. Quartos, porões, sótãos, cafuas. Arcas, arcais. Guarda-comida. Consoles de gaveta. Cristaleiras. Criados-mudos e seus penicões. Soletrando lendo cada pedaço de papel velho. Cada caixa de charuto revendo retratos. Deitada no colo de bisavó Vitória ouvindo estórias. Tivó tia solteira Branca sentada na escrivaninha. Lápis e borracha. Caderno velho, do tempo dos ariri. Branca Marana no banquinho. Bisavó Vitória na preguiçosa de jacarandá e palhinha, pés estendidos no colo da Branca Marana, exigindo da filha escrever tudo como ia dizendo (*levanta Branquinha, ispia aí se tua tivó tá iscrevendo tudo conforme qui vou falando... óia no papé de teu bisavô se tem duda de meus parto... e tu Branca, não me remenda não qui tou véia mas num tô morta, e tu... tu tá véia tumém*). Bem que Branca consertou umas que outras palavras.

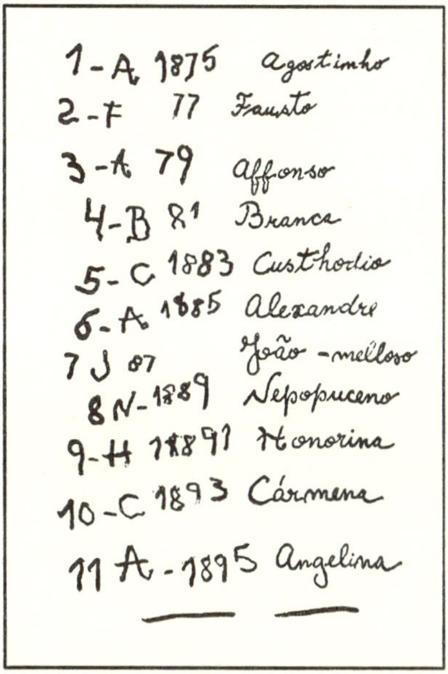
1-A 1875 agostinho
2-F 77 Fausto
3-A 79 Affonso
4-B 81 Branca
5-C 1883 Custhodio
6-A 1885 Alexandre
7 J 87 João-melloso
8 N-1889 Nepopuceno
9-H 1891 Honorina
10-C 1893 Cármena
11 A-1895 Angelina

Anotações feitas pelo velho Branco Boscopuro, dos anos de nascimento dos filhos, com a inicial de cada qual. Depois os nomes escritos, a seu pedido, pela neta Branca de Affonso, nos idos de 1915

Agostinho - foi embora contando uns 14
notícia que foi p/ Portugal e foi para floresta do Norte
Fausto - casou 1901 - teve: João em 1902 sol'
Henrique em 1905 solt.º - Nestor
em 1908, casou com 20 anos e teve José em 1928
e Franc.º em 30 - Angelo 1910 casou com 25 e
teve Aldo em 35, Abilio em 36, Theophilo em 37
e na rua em 45' foi Gisélia e em 47 Glaucia
- Custhodio nasceu em 1913 casou com 22,
os filhos Felix em 37, Anna em 41 e Thereza
em 42 - Manoel nasceu em 1916 solt.º e
tem Anna Vitória de 49

Affonso casou em 1900 deu minha primeira
neta Branca em 1901 solt.ª -
Vitória Angelina em 1908 que teve Vitório em 28
e Augusto em 30 - Vitória Magdalena em 1910
que casou com 15 anos só pariu com 25 o
menino Simão nome de meu pai e 1940
pariu João e em 43 Vitorinha.

Branca tá com 70, solt.ª

Chusthodio com 18 anos fez Aloisio em 1901 e dep.s
Alzira em 1905 deixou aqui não sei por
onde andou e em 43 com sessent'annos me apareceu
com Marana nascidinha, diz que é dele foi embora -
Aloizio trouxe Antonio em 1920 - Aldo em 22 - não
sei a mãe - desde Aloisio até Marana tudo me
chama de mãe sou vó e bisavó - Alzira casou
em 25 com um potentado da cidade só sei das carta
que tu lê - diz que teve Augusto em 25 e Houmberto em 28
Alexandre foi embora contando uns 18 anos falou
mal de meu Agostinho me disse dou notícia
dos Pampa do Sul - Até hoje... quase sessent'annos!
João chamado João Veloso com razão. Chorão desde
pequeno. Trabalhou mais o pai a vida toda
Cuidia de eu de tu - fala e anda que nem moça -
Mais mulher de que tu Branca véia (Mamãe
não é sopa!)

Nepopuceno com 45 enrabixou com menina Maria de 14. Assente o nome de cada filha no ano do nascimento Maria Zita 1934 – M.ª Lia 1935 – M.ª Cida 1936 – M.ª Pia 1937 – M.ª da Luz 1938 – M.ª Glória 1939 quando finou-se Maria aos 20 annos de edade.

Honorina – Com Rina deu-se a desgraceira e deu-se o casório e deu-se o parto de Vitório em 1904 defunto em 7 dias. Em 1911 teve Vitória que teve Vitório em 1931, Emanoel em 33 e Gioto em 35 cada um de um pai – Vitoria Branca nasceu em 1915 casou com 25 teve Lucia em 42, Ivo em 43 e Rodrigo em 44. Em 1920 teve Branco Vitoria que teve Anna em 42, Louzia em 44 e Vitória 46

Cármena casou com 19 annos. Dália éh de 13 casou-se mas é maminha. Açucena éh de 15 casou-se com Zé Rousseau e teve Carlos em 35, minha prim.ª Bisneta Branca (que é Marana) em 40 e Louiza 42 – Rosa éh de 18, teve Luciano em 38, Oswaldo em 39, Ely em 40 e Vitória Branca em 40 e enviovou.

Angelina – essamenmna Lina que tá com 65 e inda pensa em casar.

—— x —— x —— x ——

A velha Vitória nasceu índia nos vales do sertão chamada por nome Marana mandou a filha Branca assentar aqui todos os filhos e netos e bisnetos da velha Vitória e do falecido italiano Branco Boscupuro até esse dia de hoje ~~tendo~~ a velha Vitória deve de tá com uns 90 annos de edade no ano de 1950 a viver a vida de velha em roça nos arrabaldes da capital que o velho italiano comprou justo no dia que a neta Açucena fez anos por isto a placa de bronze

VILA AÇUCENA
DE BRANCO BOSCOPURO

Anotações ditadas pela velha Vitória à filha Branca, no ano de 1950

Merlin deitado, porém alerta, ao lado de Branca Marana. Branca Marana em viagem angustiada debaixo do cajueiro pequenino (agora) ou escondida debaixo dos panos do altar do quarto dos santos da velha solteira Angelina a sempre menina Lina para não ser obrigada a rezar. Rezando, ela, agora? Seria reza – pensa Branca Marana – este pensar profundo, essa ligação umbilical com a bisavó Vitória? Porque *padre-nosso* e *ave-maria* nem para a primeira comunhão aprendeu... por que a velhamenina Lina com o véu de filó negro cobrindo os cabelos insistiu sempre em levá-la às igrejas – missas, batizados, trezenas de Santo Antônio, novenas, mês de Maria? Que lhe cobre agora? As ramagens do cajueiro pequenino? Ou as pinturas dos tetos das igrejas? Anjos querubins velhos homens de barba branca *quieta menina não é homem é nosso Deus*. Maduros vermelhos cajus ou maçãs na tentação do demônio? Mais vale a alegria de Mãe ao alimentar um devoto, cuidar internar um doente que não tem eira nem beira, vestir uma criança, conservar ou consertar brinquedos dos filhos para dar a tanto menino pobre... do que a sisudez da velha dona da escola cabelo preto carapinhoso com faixa branca a brotar da testa (um gambá!) a clamar *isto é pecado (venial) aquilo é pecado (capital!) Pecadoras!!! cuidado com esta menina o pai dela é artista, comunista!* Mais vale alegria de Mãe do que as beatas barra de batina ajoelhadas na igreja ou mesmo a boba tia Lina frente ao nicho (cheio de enfeitados tristes feiosos santos de gesso) a entredentes criticar Zé Rousseau marido da sobrinha Açucena, pai dela Branca Marana, por gastar se endividando a comprar imagens de barro.. de madeira... faltando mãos a uns, pernas a outros, *até santo sem cabeça o excomungado compra diz que é arte ora me deixe, aquele herege na maior desfaçatez inda me levanta a voz e me dá carão ora dona Angelina a senhora não me aborreça, não são santos são esculturas.* Branca Marana prefere o gabinete do pai, livros, desenhos, velhos santos que se misturam em prateleiras mesas desvãos, sem rezas nem pecados, ai a Santa Luzia de barro com duas pepitas de ouro como se olhos fossem dentro da bandejita rendada, um cachorrinho escavado na peanha!

Merlin dá beijinhos lambidos no pé de sua dona tirando-a dos pensamentos angustiosos fazendo com que ela espreguiçando-se longamente melhor se aconchegue embaixo do cajueiro pequenino entre as raízes do pé de iroco e volte ao pensar macio.

Branca Marana em viagem plena dentro da felicidade. Felicidade plena de roça de bisavó, carinhos de avó, amor de mãe. Mulheres. Fortes. Tias e tivós solteironas. Branca Marana filha da sestrosa e alegre Açucena. Branca Marana bisneta de Vitória. Branca Marana neta de Cármena. Sobrinha neta da velha Rina. Se a bisavó Vitória teve o Branco que dela cuidou, aos poucos fazendo-a mulher... já a velha Rina... ah! com a velha Rina... Lá ela com seus treze anos, pelas roças de cacau. Chega um homem bonito, já beirando trintanos – diz que vem de Portugal com notícias de Agostinho. Tratado a velas de libra... cavalgadas com o Branco, molhos pardos de Vitória, docinhos de ovos da solteira tia Branca. Cama de jacarandá, uma dúzia de velas em candelabro de prata, para melhor ler suas leituras de doutor de anel no dedo. Títulos, anéis, pincenê nada de nada adiantaram. Na maior brutalidade, derrubou Rina embaixo das bananeiras por dentro do cacaual (*ai minha fia... quando teu bisavô viu a barriga de Rina crescer... de conta o Branco intendia. Não levantou um fio de voz, não levantou uma palha pra cima da menina Rina. Só lhe fez foi perguntar: Il portoghese, è vero? Lui muntou voi, num muntou? Pegou a égua Mariposa no rumo da vila e de lá pegou o vapor no rumo da capital, até onde foi não sei. É de verdade falar que quando ele retornou a barriga da menina Rina já de todo já se via. Chegou o Branco, chegou o Mané Português, chegou o padre. O casamento já se deu-se a menina Rina se revirando de dor. No correr da madrugada, a chuva um toró, tororó... nasceu menino languenzo com a cabeça maior que vi na vida. Aí foi só sofrimento sete noite, sete dia. Que eu nunca gostei de padre, inda mais depois daquele dia, o padreco oiava e dizia... "isso aí eu não batizo, isso não é menino, isso é um anticristo..." Garrei o padre safado, quase garguelo o miserave, batizou. No correr do oitavo dia o coitiado morreu, enterremo o Vitorinho debaixo do pé da roseira.*) De como Rina sobreviveu nem se sabe até então. Foram anos deitada na rede. Palavra uma, não dizia. Não chorava, não ria: nada. Branco assuntando Mané Português, botando Mané Português nas lides das terras, amansando Mané Português, trazendo Mané Português em corda curta (bem que Mané Português escapulia, pela roça foi nascendo menino trigueirinho misturado com alvarinho). Mãe Vitória, a solteira tia Branca cuidando de Rina e mais a solteira tia Angelina (a Lina) mais atrapalhando que cuidando. Caldos levados à boca, como se nascidinha fosse. Negros carregando rede, botando Rina para quentar sol. Negros carregando rede à praia do rio. Vitória sentada na beirada d'água, Rina nos braços, igualzinho o registro de Nossa Senhora com Jesus Cristo no regaço, Vitória banhando, banhando Rina, perfumando com flores de alecrim. Já por esse tempo por ali correndo, fuxicando na pintança tantos netos de Vitória. Sete anos se passaram. *Leva Rina pro sol, tira Rina do sol*: brinquedo dos pequeninos. Té que esqueceram Rina debaixo duma chuva à toa, chegada fora de hora, em tempo de estiagem. Mané Português no alpendre apreciando o toró da chuva foi que num repente correu lá na quina do terreiro, chorando acarinhou Rina, voltando com ela nos braços. Parecendo que por vez primeira ele via ela. Ela, por vez primeira vendo ele, sorrindo: *quem é tu? De onde veio?*

Branco, do alto de seu metro e noventa, voz de pura mansidão: *Andiamo Mané Portuga, convocate voi cunhada, voi sogra, convocate voi cunhado nas roça vizinha con tutto ciò mio neto, andiamo addietro quelo morro, dove ai pé de manacá, andiamo tutto in processione (senza santo! Cosa nunca io gosto a santo, né padre, né bispo), andiamo levá tutto éssere giente a voi terra, a voi roça, a casa cosa jurou um dia vívere mai Rina... con tutto ciò louça di Inglaterra, prata di Portucale, panos di Espanha, trempes di negraiada, esteiras di indiada. Quiama Quelemente prepárare animália.*

A Fazenda Itália com sua mata virgem e embrenhadas den'dela roçadas, divididas, bem-cuidadas dando rendimentos às muitas roças de cacau cobertas de jaqueiras e bananeiras, as algumas mangas de gado muito bom (de leite e de corte), terreiros de porcos, galinhas, pomares aos fundos da casa sede e das casas de negros também, e mais casa de farinha. A Fazenda Itália é o centro, é o sol (Branco no comando e já João Meloso nas lides). O grande Rio do Urubu a cortar e a juntar. Nascentes. Lagoas. Riachos. Ao derredor, por lá por além da mata virgem, cada filho com sua roça: na Ilha do Ubu, Fausto; na Roigaçu, Affonso; na dos barrancos, a Azinhaga de Nepomuceno e mais outras mesmo sem nome que João Meloso toma conta para um depois de precisão de Branca, de Cármena, de Lina e Rina além da dele, a Murucanga. Positivos despachados levam recados. Uns de mula, outros de barco.

Vai amanhecer o terceiro dia depois do saramento de Rina. Lampiões e castiçais sobre a mesa grande do alpendre, coberta de linhos brancos e por cima do linho tachos, aguidás, quartinhas, terrinas, canecas. Mingau de milho, de tapioca, de puba. Chá-de-burro. Banana-da-terra frita e cozida. Aipim. Milho. Inhame. Bolos. Pão da terra. Queijo de coalho e de ricota. Ovos. Beijus. Chegando leite tirado da hora, espumoso. Café. Fazenda Itália em azáfama. As mulas, éguas, cavalos. Os de sela e os de cangalha, tudo pronto na beira do caminho. Ao primeiro raio de sol está o povaréu reunido, comido, muntado rumo da viagem:

Os negros Querino, Quirício e Quelemente,
vez em volta, vez em frente, fazem vanguarda.

Branco e Mané Portuga, na frente

Fausto, Affonso, João Meloso, em seguida

Vitória mais Rina

Tia solteira Branca, Cármena, Lina, mais as cunhadas

De colo e de peito Vitória Magdalena e Ângelo
com as amas na carroça

Negras e mulatas às voltas com a meninada.

Branca de Affonso e Aluízio muito de si
já grandotes comandando o batalhão:

João de Fausto, Alzira, Henrique,
Nestor, Vitória Angelina.

Negros levando farnel.

Negros montando a retaguarda.

Já quase querendo escurecer Querino estralou o foguetório. O negro Quirício tocou a corneta, Quelemente o tambor. Por cima da cancela, um telheiro. Por cima do telheiro o madeirame. Gravado no madeirame o debuxo de um macaco. Abaixo do debuxo, as letras:

FAZENDA DO BUGIO

PROPRIEDADE DE MANOEL PIRES SERRÃO

Passada a cancela um terreiro. O povaréu desmonta, se sacode, se abana. Os negros levando as animálias tomam a estrada do curral. Por um caminho mais estreito, ladeado de toda flor que se imaginar (da mata, de quintal, de jardim... margaridas, normas, dálias, açucenas, bem-me-quer, onze-horas, boa-noite, maria-descaradinha, chapéu-de-couro...), sobem os Boscopuro levados por Pires Serrão, o Mané Portuga. Em frente da casa criadagem perfilada: mulheres em batas brancas, torço rendado e pano-da-costa nos ombros servem os doces (papos-de-anjo, toicinho do céu, pingos d'ovos, queijadinha, cocada da preta e da branca), homens em calções coloridos, camisus listrados portam bandejas de prata: copos de cristal com sucos de pitanga, manga, cajá... licoreiras e tacinhas, sem faltar o vinho do Porto e a aguardente de cana. Dominando a paisagem, sol morrendo atrás da serra, casa branca no cume do morro. Aos últimos degraus do avarandado a algaravia se espalha. As crianças perdem o sono. As senhoras se avivam. As amas ficam de queixo caído. Os homens exclamam: *um São José d'azulejos!*

Branca Marana aninhada nas raízes do pé de iroco não deu fé se passou a noite a rever sua vida ou se dormiu e sonhou. Não está cansada... tá leeeve assistindo ao raiar do dia, primeiros raios de sol se filtram nas copas das árvores, um galo canta lááá longe, uma cajá tuc cai bem do lado. Merlin de prontidão sentado aos seus pés, e de onde surgiu? uma cadela loura, longas orelhas, rabo peludo, pescoção algodão, pontas das patas traseiras brancas, vivos (falantes) olhos cor de mel deitada tranqüila ao alcance da mão de Branca Marana que de imediato a alisa pensa um nome de peixe para lhe dar, encantada que é por livros de Jorge Amado, "batiza" a bichinha Tieta. Tieta se espreguiça, Merlin se espreguiça e geme, Branca Marana se espreguiça: estira os braços os indicadores lá no alto até o dedão do pé entre ais e uis gemedeiros gostosos. Frescorola boa batendo... suaaave...

Branca Marana ladeada por Merlin e Tieta toma o caminho de volta. Em passos lentos rodeia o pé de iroco alisa cada saliência de raiz, se despede. Na clareira calcetada de conchinhas estrelas coquinhos sóis e luas, descalça os pés, passeia lentamente como que deixando sua marca nos desenhos primitivos cravejados no terreiro, absorvendo pelas solas dos pés essemenino essamenina o cachorro a palhoça as mulheres a rede (como se preciso fosse absorver o que dentro de si já está desde antes de antes dos antigos tempos). Frestas de raios de sol iluminam em rodelas as folhas secas no chão. Merlin e Tieta em rodopios. Verdes samambaias, avencas, fetos, rubros caládios. Roxas orquídeas. Imensas folhas raízes de jibóia entrelaçam-se em árvores, arvoredos. Entrelaçadas em si. Folhas verdejantes nos altos. Caminha na mata escura, vai se retirando pés puuufff puuufff na areia branca fundo de riachinho, água no meio das canelas, Merlin e Tieta na vanguarda, descampam na beira da Lagoinha. Branca Marana caminha em volta dessa Lagoinha perdida esquecida por tratores construtores destruidores depredadores, mais uma vez descalça os pés, arregaça as calças arqueia-se na beira da Lagoinha mãos em concha molha o cabelo lava o rosto. Despede-se. Merlin e Tieta sentados firmes na beirada assuntam (tomam conta da "dona"). Distanciam-se da Lagoinha, rodeando a Pedraria. Merlin e Tieta ladeando, chec-chec oito patas dois pés caminham amassando folhas secas assuntando livrando-se das aranhas-caranguejeiras pelo caminho de terra por detrás das cajazeiras vencendo o emaranhado das samambaias.

Automóvel estacionado na devastação asfáltica ao lado do cais de pedalinhos em meio àquelas horrorosas "intervenções paisagísticas" em completa descaracterização do Bico-da-Arara da Lagoazul. Onde antes gramados: "ardósias", falsas quadras esportivas. Onde antes areal: "paralelepípedos em rosáceas". Como se criados tivessem sido dentro de tão belo automóvel, Tieta e Merlin entram pelas portas da frente pulam para o banco de trás senta cada um numa janela, Branca Marana afivela o cinto de segurança, liga o ar-condicionado acende cigarro sem nem olhar pelo retrovisor para as grandes merdas construídas por prefeitos energúmenos ***Obrigada Senhor! pela existência de intricadas samambaias avencas caládios aranhas-caranguejeiras a isolar os caminhos da Lagoinha.*** Calmamente dirige sua Renault pela Grande Via Arrodeante afora, dez quilômetros ao pé do morro de pedras, atravessa vales encostas ladeiras está no caminho de casa.

Na esquina de Solina, já no bairro onde mora, Branca Marana dá passagem a alguém e lhe passa pela cabeça ***eu conheço esse homem...***

Em casa, alimentada ela, alimentados os cães – apresentados Tieta e Merlin ao jardim, varandas, quintal – banhada, vestida em roupas velhas e furadas, Branca Marana senta no cadeirão com pernas estiradas pousadas na cama. Folheia uma revista (tão relaxada se sente que passa as páginas sem nada ler: uma figura lhe chama a atenção por décimos de segundos, um cartum a faz rir...). Tieta e Merlin deitados um de cada lado ressonam (e peidam). Branca Marana relaxaada... a revista escapole, o cigarro apaga entre os dedos. Pega o controle remoto, liga a TV (esquecida que não suporta) ecoam reportagens sobre o fim do mundo virada do século entrada do terceiro milênio ***vê se pode! Se o mundo acaba, como entra outro milênio? Quanta bobagem...*** zapeia acima e abaixo dos miles canais... ao chuvisco de um canal fora do ar Branca Marana se detém viajante. Em si chega imagem da passagem na esquina de Solina: ***mas não é que era o Moreno aquele homem...***

HORTO FLORESTAL, 27 DE AGOSTO DE 2000

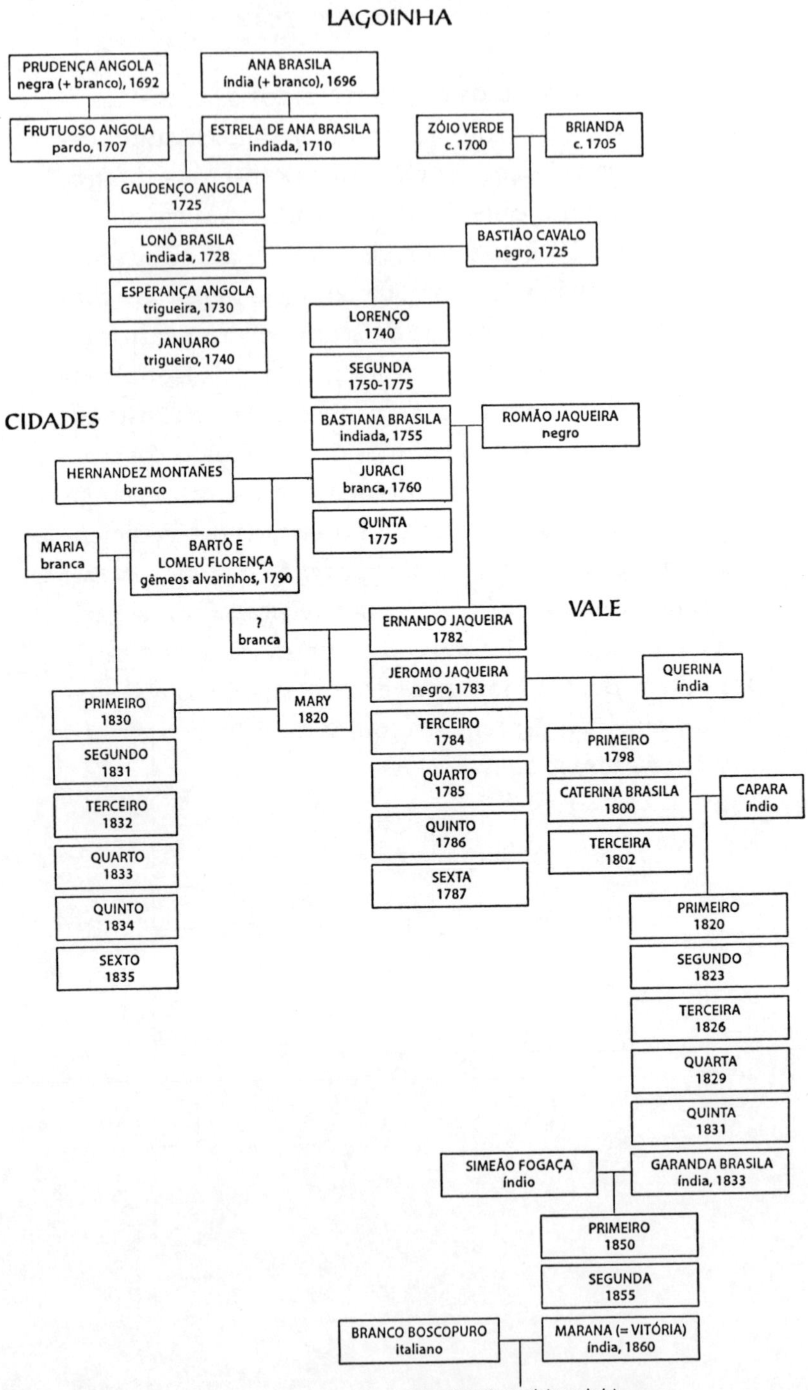

(continuação na página ao lado)

GOLFO

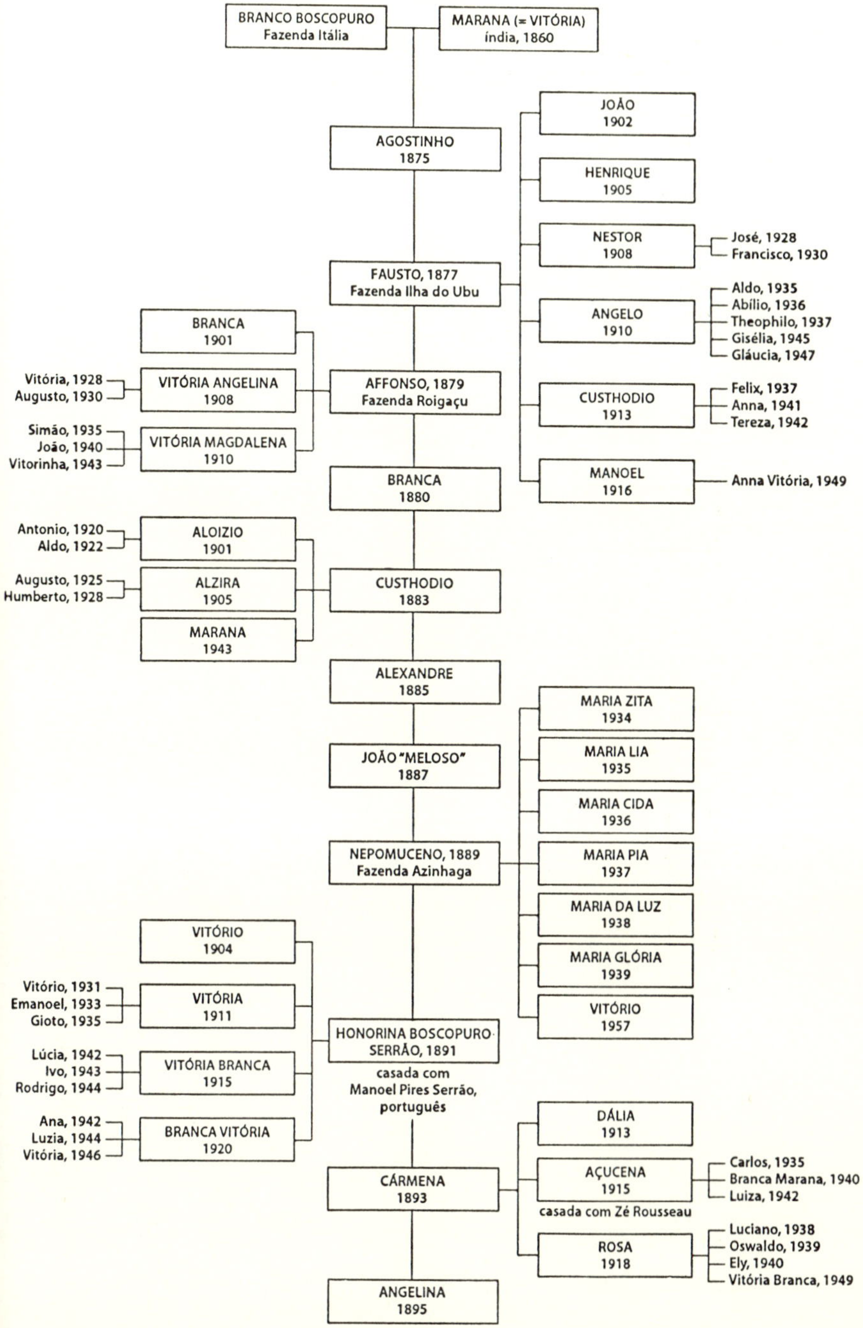

BRANCO BOSCOPURO
Fazenda Itália
MARANA (= VITÓRIA)
índia, 1860
AGOSTINHO
1875
FAUSTO, 1877
Fazenda Ilha do Ubu
JOÃO
1902
HENRIQUE
1905
NESTOR
1908
José, 1928
Francisco, 1930
ANGELO
1910
Aldo, 1935
Abílio, 1936
Theophilo, 1937
Gisélia, 1945
Gláucia, 1947
CUSTHODIO
1913
Felix, 1937
Anna, 1941
Tereza, 1942
MANOEL
1916
Anna Vitória, 1949
AFFONSO, 1879
Fazenda Roigaçu
BRANCA
1901
VITÓRIA ANGELINA
1908
Vitória, 1928
Augusto, 1930
VITÓRIA MAGDALENA
1910
Simão, 1935
João, 1940
Vitorinha, 1943
BRANCA
1880
CUSTHODIO
1883
ALOIZIO
1901
Antonio, 1920
Aldo, 1922
ALZIRA
1905
Augusto, 1925
Humberto, 1928
MARANA
1943
ALEXANDRE
1885
JOÃO "MELOSO"
1887
NEPOMUCENO, 1889
Fazenda Azinhaga
MARIA ZITA
1934
MARIA LIA
1935
MARIA CIDA
1936
MARIA PIA
1937
MARIA DA LUZ
1938
MARIA GLÓRIA
1939
VITÓRIO
1957
HONORINA BOSCOPURO SERRÃO, 1891
casada com
Manoel Pires Serrão,
português
VITÓRIO
1904
VITÓRIA
1911
Vitório, 1931
Emanoel, 1933
Gioto, 1935
VITÓRIA BRANCA
1915
Lúcia, 1942
Ivo, 1943
Rodrigo, 1944
BRANCA VITÓRIA
1920
Ana, 1942
Luzia, 1944
Vitória, 1946
CÁRMENA
1893
DÁLIA
1913
AÇUCENA
1915
casada com Zé Rousseau
Carlos, 1935
Branca Marana, 1940
Luiza, 1942
ROSA
1918
Luciano, 1938
Oswaldo, 1939
Ely, 1940
Vitória Branca, 1949
ANGELINA
1895

Este livro foi composto na tipologia Legacy Serif, em corpo 11,5/15,
e impresso em papel Chamois Fine Dunas 80g/m²
no Sistema Cameron da Divisão Gráfica da Distribuidora Record